AF239074

Endstation Bahnhof Limburg

Christiane Fuckert / Christoph Kloft

Endstation
Bahnhof Limburg

**Dritter Fall für
die Pfarrhaus-Ermittler**

Bibliografische Information der Deutschen Nationalbibliothek

Die Deutsche Nationalbibliothek verzeichnet diese Publikation in der Deutschen Nationalbibliografie; detaillierte bibliografische Daten sind im Internet über http://dnb.d-nb.de abrufbar.

Alle Handlungen in diesem Buch sind frei erfunden.
Ähnlichkeiten der Figuren mit lebenden Personen wären rein zufällig.

Alle Nutzungsrechte dieser Ausgabe bei

Gardez! Verlag Michael Itschert
Richthofenstraße 14
42899 Remscheid
www.gardez.de

Lektorat und Korrektorat
Michael Itschert und Roland Reischl

Satz
Roland Reischl, Köln

Covergestaltung
Sandra Ullrich, Remscheid

Titelbild
© fotolia / fotografci

Druck
CPI, Leck. Printed in Germany.

Originalausgabe, 1. Auflage 2018

ISBN 978-3-89796-287-3

1.

In der Ferne schimmerten die Spitzen des Limburger Domes rotgolden in der Morgensonne – ein Anblick, dem es gebührte, innezuhalten und diesem besonderen Bauwerk andächtige Bewunderung zu zollen, so dachte Pfarrer Willem van Kerkhof, der in seinen kleinen Garten getreten war.

Leider war ihm ein solcher Moment der Ruhe nicht vergönnt, denn hinter ihm in dem kleinen Pfarrhaus ging es so turbulent zu, dass er nicht wusste, wo er sich noch aufhalten sollte. In allen Zimmern und Winkeln huschte Haushälterin Klara umher.

Zwar hatte der Pfarrer sich auf diesen frühmorgendlichen Trubel schon am Vortag eingestellt, doch diesmal gab es vor dem Aufbruch zum Bahnhof ein wenig mehr zu erledigen als in den Jahren zuvor.

„Menschenskind, Herr Pfarrer, so helfen Sie doch auch mal mit!", rief ihm Klara soeben durch die Terrassentür zu. „Wir sind doch jetzt nicht mehr zu zweit, unser Willi will doch auch versorgt sein! Und wir haben immerhin beide die Verantwortung für ihn übernommen. – Keine Widerrede, auch Sie wollten einen Kater im Haus haben!"

Van Kerkhof schüttelte resigniert den Kopf. Seit dieses junge Tier hier mitmischte, gebärdete seine Haushälterin sich, als hätten sie ein kleines Kind adoptiert. Manchmal bereute er es, dass er Klara diesen Weihnachtswunsch erfüllt hatte. In Sachen Interesse und Fürsorge war das kleine Knäuel nicht selten ein Konkurrent für ihn. Um sich mit dieser Tatsache anzufreunden, nutzte der Pfarrer im Gegenzug jetzt die unbeobachteten Momente, um öfter einmal den Kopf in die Speisekammer zu stecken, getreu Klaras Motto, man solle allem Belastenden eine positive Seite abgewinnen.

Genau das schien sie soeben auch dem Kater vermitteln zu wollen. Ihre Stimmlage hatte dabei nicht die geringste Ähnlichkeit mit der, die sie ansonsten an den Tag legte. „Schau, Willi, der Herr Pfarrer und ich wollen heute einen Ausflug an den Rhein machen. Das tun wir jedes Jahr im Frühling. Du hast das ganze Haus für dich, und du bist ganz artig und machst nichts kaputt. Und geh auch fein aufs Katzenklo, hörst du? So, und hier hast du deine Näpfchen voll, mach fein Happahappa, ja, so ist's gut. Und heute Abend sind wir wieder da, dann gehen wir sofort in den Garten." Klaras dicke Finger zogen Streichelspuren durch das puschelige graubraune Fell, dann veränderte sich augenblicklich ihr Tonfall.

„Und Sie holen noch das Dingsda aus der Rumpelkammer, Herr Pfarrer! Wofür habe ich es Ihnen denn besorgt? Ich kümmere mich ja auch um mein Weihnachtsgeschenk. – Nicht wahr, kleiner Willi?" Und wieder sanft wie ein Lämmchen, dachte van Kerkhof, vielleicht der allzeit unterdrückte Mutterinstinkt ...

Aber das Dingsda hatte er nicht vorgehabt, mitzunehmen. Wozu brauchte er bis zum Limburger Bahnhof ein Navigationsgerät? Dieses Geschenk hatte ihm am Heiligen Abend bereits genügend Energie gekostet, um seine Freude zu zeigen. Seitdem hoffte er insgeheim, die oft anstrengende Gegenwart des Katers habe Klara das Teil vergessen lassen. Er hatte umsonst gehofft, Klara war eben Klara. Was er wiederum für sich verbuchen konnte, war der Ausgang einer unangenehmen Diskussion gleich zu Beginn des neuen Jahres gewesen. Er sah es nicht ein, für ein Fellknäuel den ,Papa' darzustellen.

„Was haben Sie denn dagegen, Herr Pfarrer, wenn ein kleines elternloses Geschöpf Mama und Papa hat? Das sollte doch gerade Ihnen als Geistlichem selbstverständlich sein!", hatte Klara um diese Titulierung gekämpft.

„Irrtum, liebe Klara, Sie als Pfarrhaushälterin sollten wissen, dass einem katholischen Würdenträger gerade dieser Titel nicht zusteht." Dieses Argument war ihm Klara gegenüber nicht leichtgefallen, doch es sollte ihm nicht noch einmal passieren, dass – wie zum Neujahrsbesuch eines Kollegen – seine Haushälterin mit zuckersüßer Stimme lockte: „Komm hierher, Willi, neben Papa aufs Kisschen ..."

Überhaupt galt es, Klara alsbald diesen verniedlichenden Sprachgebrauch auszutreiben. Ihre oftmals schroffe Art war ihm da doch vertrauter.

Ein Geräusch aus der Küche versöhnte ihn umgehend mit seinem abschätzigen Gedankengut. Da raschelte Brotpapier und die Kühlschranktür wurde geöffnet und geschlossen: die Stullen für die Zugfahrt! Der Pfarrer lächelte: Sobald sie nachher im Abteil einen angenehmen Sitzplatz gefunden hätten, würde Klara ihn und sich auf den freien Tag einstimmen, indem sie ihm eine Serviette reichte und die Brotdose auspackte, ein alljährliches Ausflugsritual, das mittlerweile nicht mehr fortzudenken war.

Ein wenig peinlich würde es ihm zwar wieder sein, wenn seine Haushälterin zwischen all den anderen Mitreisenden lautstark ihr „Komm, Herr Jesus, sei unser Gast ..." beten würde, doch gerade Klaras offen praktizierte Glaubenstreue machte ihr ganz eigenes Wesen aus, ein Charakterzug, der selbst ihm nicht selten ein Vorbild war und den er ebenso wenig missen wollte wie die Brotdosen. So würde sie sich auch gleich im Auto wie jedes Jahr auf dem Weg zum Bahnhof mit ihrem Gesang in Stimmung bringen ...

„Jetzt denken Sie auch an den Richtungsanzeiger!", wurden seine amüsanten Gedanken von der Küche her unterbrochen. Van Kerkhof seufzte, und er stieg nach oben, suchte in der Rumpelkammer nach dem noch verpackten Navigator und nahm sich gleich vor Ort die Gebrauchsanweisung vor.

Eine Viertelstunde später saßen sie in ihrem ockerfarbenen Kastenwagen.

„Wie die Scheiben aussehen! Nein, Herr Pfarrer, darauf sollten Sie aber schon achten, wenn unser Auto eh schon an allen Ecken rappelt und klappert", stellte Klara fest, um gleich im Anschluss zu jammern: „Unser armer kleiner Willi ... Haben Sie gesehen, wie er geguckt hat, als wir ihm die Haustür vor der Nase zugemacht haben? Wie einsam muss er sich heute fühlen. Er war doch noch nie so lange von uns getrennt ..."

„Aber Klara, er soll doch ein starker, mutiger Kater werden. Wie sagt man noch auf Deutsch ... da muss er durch. Und Sie haben sich zu Weihnachten doch einen richtigen Mann im Haus gewünscht."

Damit zog er seine Haushälterin nur allzu gerne auf, und sie erwiderte seine Ironie jedes Mal nur mit verärgertem Kopfschütteln, zumal genau das ihre Worte gewesen waren.

„Nun freuen Sie sich mal auf den Rhein, Klara. Das Wetter ist gut. Wir werden am Wasser entlang spazieren gehen und fein einkehren." Das wirkte, und Klara lehnte sich entspannt in ihrem Beifahrersitz zurück.

„Wem Gott will rechte Gunst erweisen!", begann sie zu trällern, doch sie wurde von einer fremden Frauenstimme unterbrochen: „An der nächsten Kreuzung fahren Sie rechts ..."

Klaras Kopf schoss nach vorn: „Kann das Ding auch noch sprechen?!"

Auf van Kerkhofs belustigtes Nicken hin umschlossen Klaras Finger fest den Griff ihrer Handtasche. Wenn sie es auch ansonsten nicht zuließ, dass ihr jemand ins Wort fiel, so zeigte sie diesem exotischen Gerät gegenüber doch Respekt und beschloss, hochachtungsvoll zu schweigen, während Klaras Nicken wiederum deutlich machen sollte: Da sehen Sie, was für ein wertvolles Geschenk ich Ihnen doch gemacht habe.

Van Kerkhof lächelte und fuhr ruhig vor sich hin, bis ihn Klaras lautstarker Vorwurf zusammenschrecken ließ. „Da haben wir wieder mal den Beweis, dass Sie einfach nicht richtig zuhören können! Oder nicht zuhören wollen. Jetzt hat die Frau da drinnen schon zwei Mal gesagt, Sie sollen anders fahren. Und Sie ignorieren das einfach. Wofür habe ich Ihnen das Ding denn geschenkt, Herr Pfarrer?"

Abermals schmunzelte van Kerkhof. „Wenn wir auf die fremde Dame hören, gelangen wir an den ICE-Bahnhof, liebe Klara, und da wollen wir ja nicht hin, oder?" Doch einer Klara Schrupp etwas vormachen zu wollen, war nicht so einfach.

„Ach, jetzt geben Sie der armen Frau auch noch die Schuld! Sie selbst haben da eine falsche Adresse eingegeben. Verkaufen Sie mich nicht für dumm, ich weiß schon, wie das alles funktioniert."

Der Pfarrer schaltete den Navigator aus. Für ihr Vorhaben war es jetzt erst einmal wichtig, dass sie beide sich nicht allzu sehr entzweiten, dieser freie sonnige Montag sollte ein einvernehmliches Erlebnis werden. „Sie haben recht, liebe Klara, wir sind ja auch gleich schon da. Und einen Parkplatz finden wir bestimmt auch ganz schnell."

Klara schob den linken Ärmel ihres Mantels zurück. „Wir haben noch genau ... 41 Minuten, bis unser Zug losfährt. Dann konzentrieren Sie sich jetzt aber mal, Herr Pfarrer."

Wie immer in solchen Situationen klang Klara jetzt recht aufgeregt. Und etwas versöhnlicher. Sie freute sich unbändig auf diese Fahrt nach Koblenz, dafür sprachen ihre wippenden Beine und das einsetzende Hüsteln. Manche Frauen träumten von Einkaufsbummeln, Klara träumte von schönen Spaziergängen.

Kaum hatte der Kastenwagen sich im Parkhaus am Bahnhof ausgebrummt, stieß Klara auch schon die Autotür auf. Sie stieg aus, schob aber noch einmal den Kopf hinab in den Fußraum, um sich zu überzeugen, dass ihr nichts Wichtiges aus der Handtasche gefallen war. Das tat sie jedes Mal, auch wenn sie ihre Tasche während der Fahrt nicht geöffnet hatte.

Das Bücken entlockte ihr ein ausgeprägtes Aufstoßen.

„Haben Sie auch Ihr Bullensalz eingepackt?", hakte van Kerkhof nach, und er hätte sich noch im selben Moment auf die Zunge beißen mögen.

Ihr Kopf schnellte seitlich zu ihm nach oben, und noch aus dem Fußraum warf sie dem Pfarrer einen Blick zu, der jedem Fremden durch Mark und Bein gefahren wäre.

„Sie wissen genau, wie das Zeug heißt! Warten Sie mal ab, bis Sie in mein Alter kommen, dann wünsche ich Ihnen so viel Sodbrennen, dass Sie sich immerzu an diesen Moment erinnern sollen. – Bullensalz ..." Klaras Doppelkinn war mit beteiligt, während sie empört den Kopf schüttelte. „Sehen Sie mal lieber nach, ob Sie unsere Fahrkarten auch eingesteckt haben."

Zum wiederholten Male klopfte van Kerkhof mit der Hand auf seine Jackentasche.

„Da sind sie immer noch drin, liebe Klara", sagte er und strahlte seine Haushälterin versöhnlich an.

Ohne darauf einzugehen, ließ Klara das Oberteil ihres Sitzes nach vorn schnellen und warf einen Blick auf die Rückbank. „Und wo ist die Isolierflasche mit dem Pfefferminztee? – Die steht daheim auf der Spüle. Da, umsonst Tee gekocht! Den trinken Sie aber heute Abend noch aus, man lässt keine Lebensmittel umkommen, Herr Pfarrer, das sagen Sie doch immer, wenn Sie die Töpfe ausschlecken." Mit Schwung schlug sie die Beifahrertür zu.

Im Rückspiegel beobachtete van Kerkhof, wie seine Haushälterin den Stellplatz ihres Autos überprüfte, und er hoffte, er hatte den Kastenwagen exakt in die Parknische gesteuert, sonst würde er so lange rangieren müssen, bis sie ihm irgendwann mit ausgebreiteten Armen ihr gut vernehmliches „Und stopp! Und aus!" gebot.

Da es entgegen seiner Befürchtung diesmal nichts auszusetzen gab, wusste van Kerkhof schon im Voraus, dass dieses Kommando nun von der aufgeregten Klara durch ein anderes ersetzt werden würde. Erst im Zug würde Ruhe in sie einkehren, und bis dahin wollte er sich zurückhalten und sich fügen.

„Dann besorgen Sie uns aber gleich oben am Bahnhof noch etwas zu trinken. Bis Koblenz ohne Flüssigkeit geht nicht!"

Gehorsam nickte van Kerkhof. Dem Heimchen Klara Schrupp kam selbst eine so kurze Zugfahrt einer kleinen Weltreise gleich, und er gönnte ihr das Lampenfieber vor ihrem jährlichen Ausflug, hatte er Klara doch nicht viel mehr an Abwechslung zu bieten. Aber zu verdanken hatte er ihr äußerst viel, wenn er allein an die Wochen vor dem letzten Weihnachtsfest dachte. Immer noch bereitete ihm der Gedanke an die belastende Zeit, in der sein eigenes Leben in Gefahr gewesen war, auf der Stelle Bauchschmerzen, und

Klara nicht minder. Für heute hatten sie jedoch beschlossen, dieses Thema vollkommen außen vor zu lassen. Für diesen besonderen Tag hatten sie sich „sorgenfrei" genommen.

Vor dem Eingang zum Bahnhof verwies Klara ihren Chef gleich an den Supermarkt zur Rechten. „Zwei kleine Flaschen müssten reichen bis Koblenz, zu viel ist auch nicht gut", befand sie, während sie ihren Rock glatt strich.

„Kommen Sie doch mit, Klara", schlug van Kerkhof vor, der seine Haushälterin ungern hier draußen stehen ließ, konnte man doch nie wissen, was Klara in seiner Abwesenheit in den Sinn kam.

„Nichts da, Sie können das alleine, Herr Pfarrer. Ich sehe mal nach, ob die hier mittlerweile vielleicht doch eine richtige Toilette gebaut haben." Klaras Blick schnellte zur Seite zu der silberfarbenen WC-Kabine auf dem Vorplatz. „In das Ding kriegen mich keine zehn Pferde rein! Wer weiß, ob man da wieder rauskommt oder ob die Kanone nicht abhebt, während man ..."

„Sie wollten sicher Rakete sagen", neckte van Kerkhof, erhielt von Klara jedoch nur eine wegwerfende Handbewegung. „Jetzt lenken Sie nicht ab, Herr Pfarrer. Um an Gleis drei zu kommen, müssen Sie unter der Erde durchlaufen. Bis Sie nämlich da drinnen durchblicken und an der Kasse waren, kann ich mich schon mal an unserem Gleis aufstellen."

Der Pfarrer schluckte die Bemerkung: „... um den Zug aufzuhalten, bis ich auch da bin ...", und sagte stattdessen: „Dann geben Sie acht auf sich, wir sehen uns gleich." Wichtig war, dass Klara nicht unter Stress geriet, den verkraftete sie in letzter Zeit zusehends schlechter.

„Und keine Coca-Cola!", hörte er sie in seinem Rücken rufen. „Holen Sie Mineralwasser! Nicht aus dem Kühlfach, und möglichst ohne Sprudel, das bekommt uns am besten!"

„Ganz wie Sie wünschen, liebe Klara", erwiderte van Kerkhof über die Schulter nach hinten und seufzte, trank er doch kaum etwas so gerne wie diese dunkle belebende Flüssigkeit. Doch er wollte ihrem Wunsch nachkommen und stilles Wasser kaufen, weil er bis zu ihrem Wiedersehen die Cola-Dose längst entsorgt haben würde.

„Das wäre keine Lüge", murmelte er vor sich hin, „nur ein winziger Vorenthalt."

Im Innern des Ladens hielt er sich jedoch erst einmal links, dort befand sich ein weiterer Zugang, der aus der Bahnhofshalle in den Supermarkt führte. Die kleine Halle war von hier aus gut überschaubar, und es interessierte ihn urplötzlich, einmal zu beobachten, wie seine Haushälterin sich ohne seine Gegenwart in der Öffentlichkeit verhielt.

Noch eine kleine Boshaftigkeit, ich weiß, dachte er mit schlechtem Gewissen. Er wusste, würde Klara ihn in seiner Spitzelposition entdecken, wäre der Tag gelaufen. So verbarg er sein Gesicht hinter einem der Prospekte, die dort auslagen, und genoss den Anblick der kleinen drallen Person im grünen Frühlingskostüm, das helle Hütchen leicht schräg auf den silbergrauen Wasserwellen, mit der einen Hand die Handtasche fest umklammernd und in der anderen trotz des schönen sonnigen Morgens den karierten Regenschirm, der ihm so vertraut war aus dem heimischen Garderobenständer.

Doch was er dann sah, gefiel ihm gar nicht. Hinter seiner Haushälterin zwängte sich ein junger Mann mit leuchtend roter Hose durch die Eingangstür der Halle und rempelte Klara mit seinem großen geschulterten Tornister an. Ihr fiel daraufhin die Handtasche zu Boden, und van Kerkhof wollte schon mit großen Schritten zu ihr eilen, als er beruhigt innehielt, weil Klaras Stimme durch die ganze Vorhalle schallte.

„Lassen Sie ja die Finger von meiner Tasche, Sie ungestümer Lümmel! Die hebe ich mir schon selbst auf. Und falls das ein Trick war, um sie mir zu stehlen, dann sollten Sie sich schämen!"

Gleich darauf wurden Klaras Worte leiser und unverständlich. Der Pfarrer registrierte erstaunt, wie sich ihre Miene entspannte.

In der Tat, sie lächelte den blond gelockten jungen Mann an, der ein Gepäckstück auf Rädern mit sich zog. Van Kerkhof ging auf die Zehenspitzen und reckte den Hals weit über seinen Prospekt hinweg. Es musste ein Kinderwagen sein, den seine Haushälterin kurz streichelte, als handele es sich um einen Hund, dabei strahlte sie übers ganze Gesicht. Eigenartig, eine solche Geste bei seiner argwöhnischen Klara zu verfolgen.

Die beiden wechselten noch ein paar Sätze, dann drehte der junge Mann sich um und nahm Kurs auf den Schalterraum. Van Kerkhof beeilte sich, außer Sichtweite zu gelangen und wandte sich seiner Aufgabe im Supermarkt zu, gespannt, ob Klara ihm von dieser Begegnung erzählen würde.

2.

Klara hatte ihrem Chef nachgeschaut, bis er im Eingang des Supermarkts verschwunden war. Nun trat sie durch die offen stehende große Glastür in die Bahnhofshalle.

Wie gut, dass sie ihrem Pfarrer den Auftrag für stilles Wasser gegeben hatte. Das würde ihm gleich auf der Zugfahrt guttun, damit sein Körper dieses künstliche, heimlich getrunkene Gift wieder mit ausschwemmen konnte, denn mit Sicherheit nutzte er seinen Alleingang schamlos aus. Klara gönnte ihm sein Lieblingsgetränk von Herzen, nur sollte er sich nicht daran gewöhnen, es in ihrer Anwesenheit zu konsumieren, dann lieber heimlich und dafür selten.

Kaum war Klara durch die Tür getreten, als sie von der Seite schmerzhaft an der Schulter getroffen wurde. Wie gut, dass ihr Reaktionsvermögen noch intakt war, denn ohne abzuwarten, hob ihre rechte Hand den Stockschirm, der aufgrund seines Alters noch über ein stolzes Gewicht verfügte. Da ihr jedoch zugleich aus der anderen Hand die Tasche entglitt, läuteten bei Klara sämtliche Alarmglocken, und augenblicklich sprudelte eine Strafpredigt über ihre Lippen. Bis der junge Mann sich zu ihr herabbeugte und sich mit charmantem Lächeln zu erkennen gab.

„Ach, Sie sind das!", stieß sie erleichtert aus und spürte, wie eine warme Quelle wohltuend ihr Herz umspülte.

„*I'm so sorry, Lady*. Habe ich Ihnen ... wehgetan? Ich bin ein ... *Hobbledehoy!*"

„Ein was? Ich dachte, Sie seien Engländer", sagte Klara, die nicht anders konnte als zu lächeln – er hatte sie *Lady* genannt ...

„Ein ... Tollpatsch?", übersetzte er mit fragend hochgezogenen Brauen.

„Das vielleicht auch", sagte Klara, „ein Träumer sind Sie, das wissen wir ja beide. Nein, ich bin nicht verletzt." Dazu lachte sie, strich über sein Handgepäck und hakte nach: „Wo soll es denn hingehen?"

„Nach Koblenz", sagte der junge Mann, „aber erst muss ich mir noch eine Auskunft holen."

Klara deutete mit ihrem Schirm auf den Schalterbereich ganz in der Nähe. Und wieder beschenkte sie der Mann mit dem Tornister mit einem charmanten Lächeln. „Danke, *Lady*, Ihr Limburg ist eine schöne Stadt. Bestimmt ich komme wieder."

„Das wollen wir doch hoffen", sagte Klara.

Bevor der Junge den gläsernen Schalterraum betrat, fiel etwas hinter ihm auf den Boden.

Eilends schritt Klara ihm nach und hob ein schwarzes Mäppchen auf. Ihr Rufen wurde jedoch nicht gehört, sie drehte sich um sich selbst, sah auf ihre Armbanduhr, geriet in jenen Zeitstress, der ihr gar nicht gut bekam. Sofort setzte ihr Sodbrennen ein. Eigentlich sollte sie jetzt etwas einnehmen. Gleich im Zug, beschloss sie, da hatte sie ihr Fläschchen stilles Wasser. Aber vielleicht enthielt das schwarze Mäppchen wichtige Papiere ...

Ein Blick hinüber zum Schalter zeigte ihr, dass der junge Mann schon konzentriert einer Auskunft lauschte. So klappte Klara kurz entschlossen das Mäppchen auf. Nichts, was auf Ausweispapiere hinwies, nur ein Stapel von Zetteln, Schnipseln, Kassenbons und dergleichen. Dies würde sie ihm auch gleich im Zug noch zurückgeben können. Und dazu eine Käsestulle, ihr Chef hatte gut gefrühstückt, dem konnte sie die getrost abziehen.

Jetzt sollte sie sich aber schleunigst nach einer Toilette umsehen. Jeden Moment würde der Herr Pfarrer kommen und sie würden sich innerhalb der großen Gruppe Jugendlicher, die soeben die Halle betrat, noch verpassen. Er würde sie an Gleis drei vermissen, und womöglich würde er ohne sie einsteigen, würde im Zug warten, bis dieser dann abfuhr, und sie selbst käme atemlos die Stufen der Unterführung hinaufgestiegen und könnte ihm nur noch zuwinken ...

Überhaupt herrschte an diesem Montagmorgen auf dem Bahnhofsgelände reger Betrieb. Jeder um Klara herum strebte ein Ziel an, und niemand sah so aus, als stelle er sich auf einen schönen Ausflug ein.

„Entschuldigung, können Sie mir sagen ...“, wurden Klaras Gedanken von rechts unterbrochen, und in Klaras Ohren begann es zu rauschen. Die Zeit lief ihr davon.

„Gleis drei“, gab sie zurück und deutete mit ihrem Schirm in die Richtung des gegenüberliegenden Ausgangs.

„Sie haben mich falsch verstanden, ich würde gern wissen, wie viel Uhr wir haben“, sagte die Frau, die in Klaras Alter sein musste. „Meine ist stehen geblieben.“

So hob Klara erneut den Ärmel ihrer Kostümjacke an. „Du meine Güte, wir haben nur noch ... warten Sie, lassen Sie mich rechnen ... ach was, kommen Sie mit. Sie wollen sicher auch nach Koblenz.“ Damit rauschte Klara von dannen, schlüpfte durch die Tür zum Gleis eins und musste stehen bleiben, weil ihr das Herz bis hinauf in den Hals hämmerte. Schwer atmend knöpfte sie den engen Kragen ihrer Bluse auf.

Links von ihr, bei der Fahrradüberdachung, tummelten sich Burschen mit dunklerer Hautfarbe. Für Klara bedeutete das: Abstand halten. Die fremden Kulturen konnte sie nicht einschätzen, zu vieles las und hörte man, was sie immer wieder irritierte, und selbst Klaras weites Herz für ihre Mitmenschen wollte sie diesbezüglich nicht unterstützen.

Einer der Jungs – in seinem Mundwinkel hing eine Zigarette – machte mit einem Nicken auf Klara aufmerksam und lupfte über sich einen imaginären Hut. Sofort griff Klara auf ihr Haupt und tastete nach ihrem Hütchen. Doch als daraufhin die ganze Gruppe lachte, erfasste sie, dass man sich über sie lustig machte, und sie zog den Kopf ein. In fremder Sprache rief man ihr etwas zu, das abermals belacht wurde und mit Sicherheit nichts Gutes verhieß. Ein Junge im schwarzen Trainingsanzug und mit grellfarbener Kappe trat aus der Gruppe, streckte Klara seine Getränkedose entgegen und sie verstand etwas, das sich anhörte wie eine Einladung zum Mittrinken.

Zu gern hätte Klara sich demonstrativ an die Schläfe getippt. Doch sie hatte sich schneller abgewandt, als ihr selbst bewusst war.

Erneut fühlte sie ihr Blut in den Halsadern pulsieren. Sie atmete tief durch und sah sich um. Gleich in der Nähe stand etwas, das aussah wie eine Umkleidekabine und das Klara entweder nie wahrgenommen hatte oder das erst im Laufe des Jahres dort aufgestellt worden war. Wichtig war nur die Frage: Gab es dort drinnen einen Stuhl? Dann würde sie den Vorhang auflassen und sitzend auf den Herrn Pfarrer warten. Hier musste er ja vorbei, wollte er zur Unterführung.

Mit zitternden Händen schob Klara den schwarzen Vorhang zur Seite und zuckte zusammen. Verweinte, dunkel umrahmte Augen starrten sie an, die schwarzen Tränen hatten bereits Spuren auf Wangen und Kinn hinterlassen.

„Vorhang zu!", schrie das junge Mädchen, das mit einem Deodorant hantierte. „Na los, was glotzt du so, Oma, ich brauche Fotos!"

Diesen Tonfall konnte eine Klara Schrupp normalerweise nicht dulden. Doch im Augenblick war das Einzige, was Klara interessierte, der kleine Hocker, auf dem sich das Mädchen niedergelassen hatte.

„Die ... werden aber nicht schön ..., Fräulein, die Fotos", sagte Klara stockend, und ihre Augen glitten zuerst über die pechschwarzen verstrubbelten Haare, dann über die linke Wand, an der ein Fach angebracht war, wie sie es von den Fahrkartenautomaten kannte. Eine Fotokabine also, so etwas hatte sie noch nicht von innen gesehen. „Die Welt wird auch immer elektrischer", wunderte sich Klara.

„Hä?", formten die spröden Lippen des Mädchens.

Hinter Klara zog nun johlend und plappernd die große Gruppe von Jugendlichen vorüber und verschwand in der Unterführung, die den Lärm der jungen Stimmen noch verstärkte. Da würde Klara auf keinen Fall hinuntersteigen. Nein, sie würde hier auf ihren Herrn Pfarrer warten und im Notfall sogar mit ihm eine Cola trinken, Hauptsache, sie war in Sicherheit und ihr Herz beruhigte sich – ein WC gab es auch im Zug.

„Noch mal: Vorhang zu!", stieß das junge Mädchen warnend aus.

„Dann beeilen Sie sich bitte, ich würde mich einfach ... gerne einmal kurz hinsetzen." Mit einem solchen Gegenüber wusste Klara nicht umzugehen. Für eine belehrende Ansprache war dieses finstere Kind zu unberechenbar.

Klaras Finger umklammerten den drei Viertel langen Vorhang, ihre Augen fixierten die Beine des kleinen Hockers. Wenn sie sich jetzt nicht setzte, würde ihr schwindlig werden.

Wo blieb denn nur ihr Pfarrer? Vielleicht stand er in einer Schlange an der Kasse? Dass aber auch am frühen Vormittag schon so viel Betrieb am Bahnhof war ...

Im nächsten Moment riss das Mädchen in der Fotokabine Klara den Vorhang aus der Hand und zog ihn zu. Klara erschrak so heftig, dass sie rückwärts taumelte.

Nicht fallen, schoss es Klara durch den Kopf, nicht jetzt hier noch hinfallen, bitte, gütige Muttergottes ...

Jemand umfasste ihre Schultern von hinten. „He, nicht auf die Gleise stürzen! Ist Ihnen schwindlig? Sie sollten sich hinsetzen." Ein Mann mittleren Alters erschien in Klaras Gesichtsfeld.

„Das hatte ich ja gerade vor, aber die junge Frau da drinnen ..."

Der schwarze Vorhang der Kabine wurde von innen aufgerissen, und das Mädchen mit den verweinten Augen warf Klara einen vernichtenden Blick zu, schob sich wortlos an ihr und dem Mann vorbei und verschwand in der Bahnhofshalle.

„Na sehen Sie, jetzt können Sie sich setzen", sagte der Mann ruhig. „Und? Wird Ihnen wohler?"

Klara nickte dankbar. Sie stellte ihren Schirm in der Ecke ab und spürte, wie ihre Hände zitterten. Ein Blick auf die Armbanduhr verriet ihr, dass seit dem Eintritt in die Bahnhofshalle lediglich ein paar Minuten vergangen waren. Aber ihr war diese Zeit vorgekommen wie eine unerträgliche kleine Ewigkeit.

Dies alles war kein guter Start für einen Ausflugstag. Klara war überglücklich, den schwarzen Vorhang zuziehen und ganz für sich alleine ein kurzes Gebet sprechen zu können, das sie stärken und ihr neues Vertrauen für diesen Tag geben sollte. Sie atmete noch ein paar Mal tief durch, dann erhob sie sich, packte ihren Stockschirm und öffnete den Vorhang. Noch einmal sog sie tief die Luft ein. Bestimmt war der Herr Pfarrer jetzt auch fertig, hatte seine heimliche Cola im Bauch und würde gleich versuchen, ihr keinen Atem ins Gesicht zu blasen, der ihn verraten könnte.

Klara musste lächeln. Wie gut sie doch im Pfarrhaus aufgehoben war. Der Trubel der Außenwelt machte davor halt, es kam nur der hinein, der willkommen war.

„Gehen Sie mal zur Seite?", fragte eine Knabenstimme gleich neben ihrem Ohr. „Ich brauch Passbilder. Für die Fahrschule." Der Stolz des Burschen mit der himmelblauen Jacke und den glitschigen hochgestellten Haaren schwang unüberhörbar mit. Schon hatte er sich an Klara vorbei in die Kabine gedrückt und zog den schwarzen Vorhang hinter sich zu.

Und was jetzt? Es war immer noch eine Viertelstunde Zeit, bis ihr Zug nach Koblenz losfuhr. Klara überlegte, ob sie vielleicht dem Pfarrer entgegengehen sollte, zurück in die Bahnhofshalle und dort am Eingang warten ...

Plötzlich hörte sie ihren Namen. Ihren Vornamen! Von irgendwoher. Aber von wo? Klara drehte sich nach rechts, nach links, bis die männliche Stimme rief: „Hier, an Gleis drei!" Dort stand Pfarrer van Kerkhof und winkte Klara über das sie trennende Gleis eins hinweg zu.

„Wie sind Sie denn dahingekommen?", rief Klara, doch ihr ging auf, dass er an der Fotokabine vorbeigelaufen und – als sie auf diesem Bahnsteig nicht zu sehen war – durch die Unterführung gegangen sein musste.

„Kommen Sie und holen Sie mich, Herr Pfarrer, ich lauf da unten nicht alleine durch!"

Schon setzte sich ihr Chef auf der anderen Seite in Bewegung und war im Nu bei ihr. „Sie sehen nicht gut aus, liebe Klara", stellte van Kerkhof fest. „Und hier zieht es und es ist kühl. Wir haben noch so viel Zeit, lassen Sie uns ein paar Schritte vor dem Bahnhof auf und ab gehen."

Klara war im Moment alles recht. Es überkam sie sogar das Bedürfnis, sich ausnahmsweise einmal bei ihrem Chef unterzuhaken, aber dann entschied sie sich doch lieber für ihren robusten Stockschirm als Stütze.

„Hier ist es angenehmer, nicht wahr?", fragte van Kerkhof, als sie draußen am großen Brunnen standen.

Klaras Blick schweifte durch die Gegend. Diese vielen geschäftigen Menschen setzten ihr eigenartig zu. Sie spürte deutlich, dass das eine Jahr, das seit ihrem letzten Ausflug vergangen war, in ihrem Alter mehr wog als früher. Ein Bedürfnis meldete sich unaufhaltsam. „Bleiben Sie hier stehen, halten Sie meinen Schirm. Die Damen im Supermarkt werden mir jetzt auf der Stelle die Toilette zeigen. Und wenn es eine private ist. Der Kunde ist schließlich König!"

Van Kerkhof deutete auf die öffentliche WC-Kabine in der Nähe. „Wagen Sie es ruhig einmal, Klara. Andere benutzen das Häuschen doch auch."

„Und was, wenn ich nicht mehr rauskomme? Wenn uns der Zug wegfährt? Dann wollte ich Sie aber mal sehen, Herr Pfarrer!"

„Dann stelle ich mich davor und wir lassen die Tür auf", schlug van Kerkhof vor, wohl wissend, wie seine Klara reagieren würde.

„Hach!", winkte diese nur ab. Schon hatte sie sich in Bewegung gesetzt, huschte über den Vorplatz und kam im Supermarkt ohne Umschweife auf ihren Wunsch zu sprechen. „Mein Chef hat vorhin hier eingekauft. Und ich brauche jetzt eine Toilette!" Mit ihrem strengen Blick und der gestrafften Haltung erreichte Klara im Handumdrehen, wonach sie verlangte.

Sie war erleichtert, dass ihr Pfarrer immer noch an genau derselben Stelle am Brunnen wartete. An diesem Tag hätte es sie nicht gewundert, wenn er in den wenigen Minuten abhandengekommen wäre. Er dachte wohl das gleiche wie sie, denn er begrüßte sie mit dem freundlichsten Lächeln, das er seit dem frühen Morgen für sie erübrigen konnte. Vielleicht würde es doch noch ein schöner Ausflugstag.

„Jetzt gehen wir aber zu unserem Gleis, Herr Pfarrer! Ich will nicht noch rennen müssen." Seite an Seite betraten sie wieder die Bahnhofshalle und steuerten schnurstracks auf ihr Ziel zu. Erleichtert und keuchend nahm Klara schließlich die letzte Stufe der Unterführung. Der rote Regio stand bereits mit einladend offenen Türen da.

„Hinein mit Ihnen!", sagte van Kerkhof, der immer noch Klaras Stockschirm trug, mit dem er jetzt auf den nächsten Waggon deutete.

„Ich weiß schon, warum Sie so gut gelaunt sind, Herr Pfarrer, man kann es förmlich riechen! Sie haben auch nicht das erlebt, was ich vorhin alles erleben musste. Außerdem haben Sie nichts weiter im Sinn als unsere Brotdose!" Damit setzte Klara an, einzusteigen.

Während sie von ihrem Chef im Nacken lachend vernahm: „Da könnten Sie recht haben, liebe Klara", hörte sie den Schrei! So markerschütternd, dass Klara augenblicklich wieder rückwärts auf den Bahnsteig taumelte.

„Was war das? Woher kam das? – Herr Pfarrer, jetzt schauen Sie sich doch mal um! Da ist doch irgendwo etwas passiert!"

„Lassen Sie doch andere nachsehen, Klara. Ich weiß nicht, wer da geschrien hat, und es war auch nicht in unserer Nähe. Vielleicht junge Leute, die sich necken. Wir beide wollen jetzt einen Ausflug machen ..."

„Ich kann wohl noch einen spaßigen Schrei von einem panischen Schrei unterscheiden! Und was ich gehört habe, war pures Entsetzen."

Van Kerkhof seufzte. „Sie werden wohl wieder von Ihrem kriminalistischen Instinkt gebissen. Sagt man so hier bei Ihnen?"

„Sie meinen gekitzelt. Ach, vergessen Sie's, Herr Pfarrer. Was wissen Sie Tulpenträumer denn von der deutschen Kriminalistik! Außerdem kann ich mich auf mein Bauchgefühl verlassen, und darüber sollten gerade Sie froh sein. – Nun geben Sie mir schon meinen Schirm zurück! – Da!", rief Klara. „Ich habe es doch gesagt!" Sie riss ihm den Stockschirm aus der Hand und deutete auf den Bahnsteig gegenüber.

„Wo?" Der Pfarrer kniff suchend die Augen zusammen.

„Na, links vom Eingang zur Halle, da ist doch was los! Nun kommen Sie schon!"

„Aber unsere Fahrkarten", rief van Kerkhof seiner Haushälterin nach, die schon auf dem Weg zur Unterführung war.

„Die lassen wir uns erstatten. Hier ist höhere Gewalt im Spiel!"

„Und da wird natürlich eine Klara Schrupp dringend gebraucht."

Soll er doch reden, dachte Klara bei sich und stieg bereits auf kurzen, schnellen Beinen die Stufen hinunter. Hinter sich vernahm sie zwischen heftigen Atemstößen das Gemurmel ihres Chefs: „Und plötzlich keine Spur mehr von Angst in der Unterführung ..." Klara wusste, dass der Pfarrer dazu ratlos den Kopf schüttelte, doch trotz der Aussicht auf ein schlimmes Ereignis spürte sie eine altvertraute Energie in sich aufsteigen: Hier schien es etwas für sie zu tun zu geben.

3.

Auf dem anderen Bahnsteig herrschte eine beklommene Atmosphäre. Van Kerkhof blieb erst einmal stehen, während sich seine Haushälterin mit strammen Schritten der Fotokabine näherte, um die mehrere Menschen versammelt waren, denen jedoch von zwei Bediensteten der Bahn geboten wurde, Abstand zu halten.

Ein paar Meter weiter kauerte eine junge Frau, auf die eine weitere Frau beruhigend einsprach. Wie man heraushören konnte, hatte die junge Frau den Schrei ausgestoßen, als sie den schwarzen Vorhang der Kabine geöffnet hatte.

Van Kerkhof zuckte zusammen, als nun auch seine Haushälterin einen Laut des Entsetzens von sich gab. Klara starrte fassungslos in die Kabine und ignorierte in völliger Verwirrung jedes Wort der Männer in Uniform. Sie ließ Schirm und Handtasche fallen und stürzte regelrecht auf das zu, was sich ihren geweiteten Augen darbot.

„Lassen Sie mich da hinein! Gehen Sie mir aus dem Weg, ich kenne den Jungen, ich habe vorhin noch mit ihm gesprochen!"

Van Kerkhof sah ihr sprachlos zu, sammelte Klaras Utensilien ein und stellte sich zu den anderen, die einen Halbkreis bis zum Rand des Bahnsteiges gebildet hatten, stand aber immer noch nah genug, um die Szenerie vor sich zu erfassen.

Sofort fiel dem Pfarrer der große Tornister auf, der die halbe Kabine ausfüllte. Schräg darüber hing der junge Mann, den er mit Klara hatte sprechen sehen. Der blond gelockte Kopf lehnte an der Kabinenwand. In dem überstreckten Hals steckte die Schneide einer Schere, deren Griffe weit auseinanderragten.

Der Bereich der Augen sah aus dieser Entfernung aus wie eine feuerrote Augenbinde, ob sie geöffnet oder geschlossen waren, war nicht zu erkennen. Aus dem Mund des jungen Mannes war ein Blutstrom hervorgequollen, ebenso aus der Wunde an seinem Hals, und hatte sich über seine Jacke bis auf den Bahnsteig hinunter ergossen. Und dort lagen seine langen leblosen Beine in der leuchtend roten Hose, deren Farbe den Anblick des Blutes zusätzlich unterstrich. Seine Füße steckten in Schuhen mit ungewöhnlich sauberen Sohlen, beinahe so, als hätte man sie bewusst seitlich in ein Schaufenster gelegt, damit das gute Profil sichtbar war. Es schienen Wanderschuhe zu sein.

„Die sollten ihn noch zu so vielen Orten tragen", flüsterte van Kerkhof deprimiert, und seine Augen wurden feucht.

„Er ist noch warm", sagte einer der Bahnbediensteten, „es muss gerade eben erst passiert sein. Dieser Mann ist eindeutig tot." Zu den Umstehenden sagte er mit brüchiger Stimme: „Die Polizei wird jeden Moment hier sein. Fassen Sie nichts an, aber bleiben Sie bitte alle hier." Seinem Kollegen rief er zu: „Kommissar Hartwichs meinte, in weniger als fünf Minuten könnten sie hier sein."

„Das sind immer noch fünf Minuten zu viel", vermeldete Klara Schrupp. „Jetzt geben Sie den Weg frei! Ich bin Ermittlerin, um Himmels willen, dann fragen Sie halt gleich den Kommissar! Er wird Ihnen bestätigen, wie wichtig es ist, dass sich hier früh genug jemand ein Bild macht."

Der Pfarrer hielt die Luft an und legte kurz die Hand vor die Augen. Seine Klara wirkte zum einen völlig aufgelöst, so, als sei sie selbst betroffen, zum anderen kehrte sie wie üblich die willensstarke, unverzichtbare Gehilfin des Gesetzes heraus.

„Es tut mir leid, gute Frau, und wenn Sie sonst wer sein mögen – auch Sie warten, bis die Polizei hier eintrifft. Dem Jungen dort drinnen können Sie ohnehin nicht mehr helfen." Der Beamte ließ sich nicht beirren, das registrierte nicht nur der Pfarrer, sondern auch Klara.

„Dann ziehen Sie wenigstens den Vorhang zu", rief sie mit schriller Stimme, „du meine Güte, das hier ist doch kein Schaufenster! Hier liegt ein ermordeter junger Mensch, der vor einer halben Stunde noch gelacht hat!"

Jetzt reagierte auch van Kerkhof, er konnte den inneren Kampf seiner Haushälterin nicht mehr ertragen. Die Tränen liefen über ihr faltiges Gesicht, und sie blickte ratlos zu ihm hinüber. Dann war er auch schon bei ihr und führte sie einige Meter vom Ort des Geschehens fort. Und zum ersten Mal in ihrer über vierzig Jahre langen Zusammenarbeit legte Klara den Kopf an van Kerkhofs Schulter und weinte wie ein kleines Kind.

Gerne hätte der Pfarrer Klara gefragt, was in ihr vorging, doch er schwieg und fühlte sich ratlos und unbeholfen. Seine Haushälterin hatte die Gabe, Stimmungen ganz an sich zu reißen. Mit zwei Fingern trommelte er verlegen auf den Rücken der weinenden Klara. Dabei wusste er schon jetzt, dass ihm in Kürze gut Gemeintes wieder als nervende Geste ausgelegt werden würde.

Auch ihn schockierte der Anblick des toten jungen Mannes so sehr, dass er sich nur mit Mühe noch auf den Beinen halten konnte. „*Lieve God, hoe kon dit gebeuren?*", stammelte er in seiner Heimatsprache in Klaras Hütchen, „*hoe ist dat gekomen?*" Doch sofort hatte er sich wieder im Griff: „Beruhigen Sie sich, liebe Klara, es wird sich alles aufklären. Und ... so nah standen Sie diesem armen Jungen doch gar nicht ..." Hilfloses Gestammel, das im Moment zu nichts führen würde, das aber gerade jetzt notwendig war, dachte er. Dabei konnte er sich keinerlei Reim auf Klaras Gefühlsausbruch machen, pflegte doch gerade an kriminellen Schauplätzen sie diejenige zu sein, die mit geschärften Sinnen den Überblick behielt.

„Was wissen Sie denn schon?", jammerte Klara.

Als sich ein Martinshorn näherte, stieß sie van Kerkhof von sich fort und drehte sich abrupt um, als hätte er sie gewaltsam festgehalten. Mit der Hand fuhr sie in ihre Kostümtasche und zog ein umhäkeltes Taschentuch hervor, in das sie sich überaus geräuschvoll schnäuzte.

Kurz darauf flog die Tür der Bahnhofshalle auf und Kommissar Hartwichs mit seinem Gefolge betrat den Bahnsteig. Den Pfarrer überkam das Bedürfnis, seine Haushälterin etwas ins Abseits zu ziehen, denn er ahnte, was sich sonst hier abspielen würde. Leider hatte Klara sich bereits verselbstständigt und war in die Mitte des Halbkreises der Versammelten getreten, genau zwischen den wortführenden Bahnbeamten und den Kommissar, die sich soeben austauschen wollten.

Klaras Hand schoss dem Kommissar entgegen, der sie mit verdrehten Augen ergriff und anstelle einer Begrüßung raunte: „Es hätte mich auch gewundert, Sie hier nicht anzutreffen Frau Schrupp. Sie scheinen das Unheil förmlich anzuziehen. – Aber jetzt lassen Sie mich meine Arbeit tun."

Bevor der Mitarbeiter der Bahn zu Wort kommen konnte, vermeldete Klara: „Seien Sie lieber froh, dass Sie mich hier an der Seite haben, Herr Hartwichs. Dieser junge Mann in der Kabine wollte nach Koblenz, er hat mich ..."

„Merken Sie sich, was Sie sagen wollten, aber treten Sie jetzt zur Seite, Frau Schrupp!" Hartwichs frostiger Tonfall ließ nun absolute Strenge durchblicken, und Pfarrer van Kerkhof zog Klara am Ärmel mit sich, begleitet vom Gemurmel der Anwesenden.

„Bitte, Klara, behindern Sie die Polizei nicht. Ich garantiere Ihnen, man wird noch auf Sie zukommen." Ihm entging Klaras entrüstete Miene nicht, doch wider Erwarten schwieg sie und ließ sich von ihm in die Bahnhofshalle führen.

„Dieser Hartwichs!", stieß Klara verächtlich aus. „Und so einer nennt sich Freund des Pfarrhauses. Was haben wir nicht schon alles gemeinsam aufgeklärt ... Das wird er noch bereuen, die Frau Schrupp hätte ihm nämlich so einiges zu sagen gehabt!"

Durch die geöffnete Tür der Halle vernahmen sie noch ein paar Anweisungen des Kommissars, unter anderem den Auftrag, die Fahrgäste des soeben abgefahrenen Regios an der nächsten Haltestation abzufangen und zu befragen – die einzigen Zeugen, die dem Bahnhof nach der Tat nicht ungesehen entfliehen konnten.

Klaras beleidigte Miene verwandelte sich in ein herablassendes Grinsen: „Vielleicht hat Herr Hartwichs ja Glück und der Täter stellt sich reumütig." Damit setzte sie sich in Bewegung. Van Kerkhof war der entschlossene Unterton nicht entgangen.

„Moment, Klara, wir werden da aber jetzt nicht hinfahren!" Er blieb stehen und beschloss, sich rigoros zu weigern, für Klara als selbst ernannte Ermittlerin den Chauffeur zur nächsten Befragungsstelle zu spielen.

Plötzlich hielt er inne. Ihm wurde bewusst, dass sich genau an dieser Stelle vor nicht einmal einer Stunde Klara mit dem blond gelockten jungen Mann unterhalten hatte, und der hatte gelächelt und tatenfreudig und fröhlich gewirkt. Und jetzt war dieses blühende Leben ausgelöscht, aufs Grausamste beendet worden, mutwillig von fremder Hand. Mit einem Scherenstoß in den Hals. Er würde nicht einmal mehr um Hilfe gerufen haben können ... Das Bild der leblosen langen Beine, die aus der Kabine geragt hatten, tauchte wieder vor van Kerkhofs Augen auf, und es fiel ihm schwer, seine Gedanken davon zu lösen.

„Wo bleiben Sie denn, Herr Pfarrer?", schallte Klaras Stimme vom Vorplatz in die Halle. „Geben Sie mir endlich mein stilles Wasser, damit ich mein Magensalz schlucken kann. Sie können sich doch vorstellen, dass ich das jetzt sofort einnehmen muss!"

Und wieder war sie wie verwandelt, seine Klara, stellte van Kerkhof erstaunt fest, das musste doch einen Grund haben. Andererseits sollten Klaras wechselhafte Ausbrüche ihn längst nicht mehr verwundern.

Er seufzte und trat hinaus in den klaren hellen Morgen, wiederholte dort seinen Hinweis: „Haben Sie gehört, Klara? Wir werden auf keinen Fall zur nächsten Haltestation des Regios fahren!"

Mit dem Stockschirm fuchtelte Klara vor ihren Beinen herum. „Wer will denn dort hin? Ich nicht! Wir haben andere Möglichkeiten, etwas zu erfahren." Dazu hob sie ihre Handtasche an wie eine Trophäe. Und van Kerkhofs Rätseln vertiefte sich abermals. Irgendetwas schien Klara zu verschweigen, und ihn beschlich das dumpfe Gefühl, Kommissar Hartwichs hätte sie besser ausreden lassen.

Die Reifen des Kastenwagens knirschten auf dem Kies der Einfahrt zum Pfarrhaus.

Hatte Klara während der gesamten Rückfahrt über den gewaltsamen Tod des sympathischen Jungen noch geklagt und geschluchzt, so sprang sie nun wie mit frisch geschmierten Gliedern aus dem Auto und eilte zur Haustür.

Natürlich – der Kater! Van Kerkhof wusste, dass seine eben noch trauernde Haushälterin in Kürze wieder scherzen und herumalbern würde. Die meisten Menschen, die Klara kennenlernten, mochten erst einmal glauben, sie gehe zum Lachen in den Keller. Nur wer mit ihr unter einem Dach lebte, kam in den Genuss, bei Klara das Schimmern einer Perle wahrzunehmen.

Schon hörte er sie im Hausflur rufen: „Ja, wo ist er denn, unser kleiner Willi? Mama ist wieder da, viel früher, als es geplant war. Was sagst du nun? – Willi, wo bist du denn? Na komm!"

Als van Kerkhof kurz darauf das Haus betrat, rief Klara immer noch nach dem Kater. Sie lief von der Küche ins Wohnzimmer, von dort zurück in die Küche, sämtliche andere Türen waren geschlossen. „Herr Pfarrer, so helfen Sie mir doch beim Suchen! Der Kleine kann doch nicht aus dem Haus geschlüpft sein, hier ist doch alles zu und dicht ..." Mit verzweifeltem Gesicht stand Klara im Flur und drückte sich die Hand auf den Mund. „Bitte, lieber Gott", flüsterte sie, „wo ist denn mein kleiner Kater ...?"

Ein leises Miauen ließ beide aufhorchen.

„Kam das von oben?", fragte van Kerkhof verwundert, hatte er das junge Tier doch nie zuvor die Treppe erklimmen sehen.

Auch dass Klara so schnell nach oben steigen konnte, war dem Pfarrer neu. Umgehend vernahm er den veränderten Tonfall von Klara: „Das hast du aber gut gemacht, Willi, bist die ganze hohe Treppe raufgeklettert. Ja, ist das so fein in Papas Bett?"

Van Kerkhof sog die Luft ein. Mehr wollte er gar nicht mehr hören. Wie gern hätte er sich in seinen Schuppen zurückgezogen, den Anbau der kleinen Kirche gleich neben dem Pfarrhaus. Doch in Anbetracht der ungewissen Stimmung nahm er Vorlieb mit der Terrasse, die in den winzigen Garten hinter dem Haus führte. Während Klara droben in seinem Schlafzimmer mit ihrem Liebling beschäftigt war, wollte er ein paar genüssliche Züge von der einzigen Zigarette nehmen, die er für ihren geplanten Ausflug mitgeschmuggelt hatte. Die Sache mit dem Kater in seinem Bett konnte er später noch klären.

Klaras Stimme aus dem Obergeschoss holte ihn ein. „Stellen Sie die Isolierflasche schon mal auf den Tisch, Herr Pfarrer. Der Pfefferminztee wird heute noch getrunken! Aber die Brotdose kommt erst mal noch in den Kühlschrank!"

„Ja ja, liebe Klara, den Tee trinken wir gemeinsam", murmelte der Pfarrer. Dann gönnte er sich seinen kurzen Gartenbesuch. Der Blick über die Dächer zu den Domspitzen war ihm wie immer ein herzerwärmendes Erlebnis. Während van Kerkhof den blauen Dunst in die Luft blies, musste er trotz des schlimmen Tagesanfangs lächeln: Manchmal tat es einfach gut, hinter dem Rücken der allgegenwärtigen Klara und deren grenzenloser Fürsorgepflicht ein paar kleine Heimlichkeiten auszuleben. Das fühlte sich an wie ein gerechtfertigter Ausgleich zu den gebieterischen Anwandlungen, die er ihrem harmonischen Miteinander zuliebe oft genug tolerierte. Schließlich wollte man doch auf Augenhöhe bleiben.

4

Kater Willi hatte sich zusammengerollt und schlief in seinem Körbchen unter der Wanduhr in der Küche. Diesen Platz hatte er sich selbst ausgesucht – wahrscheinlich beruhigte das gleichmäßige Ticken sein unruhiges junges Herz.

Im Moment wünschte sich auch Klara, irgendwo im Pfarrhaus die innere Ruhe zu finden. Immer noch klang das charmante Wort *Lady* in ihr nach.

Zum wiederholten Male versuchte der Pfarrer, sie auszuhorchen, wollte wissen, warum sie am Bahnhof derart aus der Fassung geraten war. „Lassen Sie mich doch teilhaben, liebe Klara", bettelte er hörbar ratlos. „Ihnen geht doch etwas durch den Kopf. Mir kam es jedenfalls so vor, als wäre der junge Mann Ihnen bekannt. Habe ich recht?"

Klara blieb stur. „Hätten Sie sich mal besser am Bahnhof bei dem Kommissar für mich starkgemacht, anstatt mich fortzuziehen, dann wüssten Sie es längst. Und was heißt schon bekannt ... Woher soll ich denn einen Engländer kennen, Herr Pfarrer? Es genügt doch, dass ich es tagtäglich mit einem Holländer zu tun habe."

„Moment, woher wollen Sie wissen, dass er aus England kam? Hat er Ihnen das in der Bahnhofshalle erzählt?"

Klara wandelte den Ärger über ihren Fehler in einen Gegenangriff. „Ha, woher wissen Sie denn, dass ich mich in der Halle mit ihm unterhalten habe? Sie haben mich beobachtet, Herr Pfarrer, geben Sie's zu!"

Van Kerkhof schaute weg und seufzte, dabei entging es Klara nicht, dass er zum Kühlschrank schielte.

„Nun machen Sie sich schon über die Stullen her!", forderte sie ihn schroff auf und verfluchte im Stillen ihren eigenen inneren Aufruhr.

Wie gut hätte ihr jetzt ein tröstendes Gespräch mit dem Herrn Pfarrer getan. Doch bevor sie redeten, musste sie über eine Sache noch nachdenken. Sie drehte sich um, ergriff im Flur ihre Handtasche und begab sich damit auf den Weg ins Obergeschoss. Die alte Holztreppe gab die gewohnten Laute von sich, sodass Klara beschloss, ihren Chef an die für dieses Frühjahr versprochenen Renovierungsarbeiten zu erinnern. Doch jetzt wollte sie erst einmal mit sich und ihrer Handtasche alleine sein.

Als sie an der geöffneten Schlafstube des Pfarrers vorbeikam, entging ihr nicht der Fleck auf seiner Bettdecke. Der Kater hatte sich dort entleert, das musste sie unbedingt beseitigt haben, bevor es wieder Diskussionen wegen des kleinen Willi gab.

Gleich nebenan lag Klaras Schlafzimmer. Ausnahmsweise drehte sie den Schlüssel im Schloss; für die kommende Viertelstunde war es wichtig, dass sie unbeobachtet blieb.

Auf dem Bettrand sitzend, holte sie das schwarze Mäppchen aus ihrer Tasche. Es war weich und leicht ausgebeult, vermutlich hatte der Junge es in der Hosentasche getragen. In dieser roten Hose, die so rot war wie sein Blut ...

Klaras Augen füllten sich mit Tränen. So ein blühendes junges Leben. Wer maßte sich an, das Leben eines anderen Menschen zu beenden, so mir nichts dir nichts, aus und vorbei, weil man das mal eben beschlossen hatte? Mit Sicherheit hatte dieser gute Junge keine Feinde gehabt. Es musste die Habgier sein, die jemanden zu einer so plötzlichen und grausamen Tat verleitet hatte.

Sobald wie möglich wollte Klara Kontakt zu Kommissar Hartwichs aufnehmen – ein paar Informationen waren schon noch vonnöten, damit sie ordentlich recherchieren konnte. Allerdings durfte die Polizei niemals erfahren, dass sie dieses Beweisstück – oder als was immer man es bezeichnen mochte – unterschlagen hatte. Sie würde den größten Ärger bekommen.

Klara hielt inne und schaute aus dem Butzenfenster in die große alte Linde, die sich, solange Klara sich erinnern konnte, wie ein schützender Schirm über das Pfarrhaus neigte. All diese Knospen würden demnächst aufspringen und mit ihrem hellen Grün den Frühling verkünden. Bis dann im Sommer das dichte Laub ihr Zimmer verdunkeln würde.

Verdunklung – war dies das Wort für ihre Straftat, wenn sie das Mäppchen nicht unverzüglich abgab?

Aber der Kommissar war selbst schuld, er hatte ihr keine Gelegenheit gegeben, ihr Wissen wie auch das Mäppchen des Toten der Polizei zur Verfügung zu stellen. Zumal sie gar nicht mehr daran gedacht hatte, dass sie es mit sich trug. – Bis sie aus der Bahnhofshalle getreten waren, das musste sie sich eingestehen. Natürlich wäre der Zeitpunkt immer noch früh genug gewesen, doch da hatte sie aufgrund der unfreundlichen Behandlung für sich entschieden, ihren Teil der Ermittlungen aufzunehmen, und zwar mit genau diesem für sie einzigen Hilfsmittel.

Ihre Finger zitterten, als sie das Ledermäppchen aufklappte. Es gab mehrere Fächer, aus denen Zettel hervorlugten. Klara verstreute sie alle auf ihrer Bettdecke. Manche waren zerknittert, andere zusammengefaltet, ein paar Zeitungsausschnitte, leider in englischer Sprache, Kassenbons, ein paar Quittungen, dazwischen handschriftliche Notizen. Zu Klaras Leidwesen lag ihre Brille unten auf dem Küchentisch, doch jetzt noch einmal hinunterzulaufen, war ihr im Moment zu umständlich, weil ihr viel Zeit hier oben nicht vergönnt sein würde. Da, sie hörte ihn schon die Treppe erklimmen!

Nachdenklich umrundete Klara ihr Bett, trommelte dabei auf das hölzerne Fußende und versuchte in der Eile, noch einen nützlichen Gedanken einzufangen. Irgendetwas musste ihr für den Moment aus all diesem Zettelgewirr doch einen wenigstens winzig kleinen Aufschluss geben, den sie gleich mit nach unten nehmen konnte, um in Ruhe darüber nachzudenken ...

Die Zeitungsausschnitte! Es klopfte an ihrer Tür.

„Nur eine Minute, Herr Pfarrer, eine einzige Minute für mich in meinem Zimmer!", rief sie der alten Tür mit dem abblätternden weißen Lack zu.

Schon hatte sie einen der Artikel in der Hand und eilte damit zum Fenster. Dort hielt sie ihn weit von sich gestreckt ins Tageslicht. Sein Foto sprang ihr entgegen, so lebendig, als würde er durchs Fenster zu ihr hereinschauen. Klara erschrak und griff sich mit der anderen Hand ans Herz. „Gütiger Gott", flüsterte sie, „du guter Junge, du armer toter Junge ... Wenn du wüsstest, welche Freude du mir alter Frau mit deinem Kasten gemacht hast."

Es klopfte erneut. „Ja, ja, ich komme ja!" Wie gern wäre sie gerade jetzt noch eine Weile in Ruhe hier am Fenster geblieben. Ihr Chef konnte aber auch nerven wie ein kleines Kind!

„Suchen Sie die Butter? Brauchen Sie noch mehr Stullen?!", machte Klara ihren Gedanken Luft.

„Von mir aus können Sie gerne hier oben bleiben, liebe Klara", drang es daraufhin seltsam höflich durch das Holz zu Klara hinein. „Es ist Ihr Kater, der Sie braucht."

Im Nu hatte Klara den Papierwust auf ihrem Bett zusammengeklaubt und unter der geblümten Decke verstaut, ebenso das schwarze Mäppchen.

„Ich bin unterwegs! Gehen Sie schon vor." Nur noch einen Blick, beschloss Klara, und noch während sie das schöne Gesicht unter der blonden Lockenmähne betrachtete, stach ihr die Überschrift ins Auge, englische Worte, mit denen sie nichts anfangen konnte, bis auf den Namen *Colin* unter dem Foto.

Er hieß also Colin. Ja, das passte zu ihm, wie schön. Ein bisschen ähnelten seine Schlitzaugen beim Lächeln denen von Willi ... Der Kater, er brauchte sie!

Klara drehte den Schlüssel im Schloss und machte sich auf den Weg. Dieses graubraune Wollknäuel rührte etwas in ihr an, was sie vorher nie gefühlt hatte.

Schon von der Treppe aus entdeckte sie das kleine Malheur, das ihren Pfarrer veranlasst hatte, sie zu rufen: Willi hatte vor der Garderobe auf den Boden gespuckt. Es wurde Zeit, dass ihr Chef dazulernte!

„Das hätten aber auch Sie mal wegmachen können!", polterte Klara. „Dann gucken Sie wenigstens jetzt zu, wie man das macht, damit Sie es fürs nächste Mal wissen. Was da rausgekommen ist, haben nämlich Sie ihm zugesteckt! Von mir bekommt Willi nur *Brekkies*."

Unter den Augen van Kerkhofs nahm Klara zuerst mit trockenem, dann mit feuchtem Toilettenpapier das Erbrochene vom Boden auf. Erst dann stellte sie fest: „Sie haben ja gar nicht aufgepasst, Herr Pfarrer! Starrt der Mann die Decke an, während ich mich hier unten abmühe ... Männer!" Nachdem Klara sich leise fluchend die Hände gewaschen hatte, baute sie sich mit flehendem, fast freundlichem Blick vor ihrem Chef auf. „Ach, Herr Pfarrer, könnten wir ... vielleicht mal kurz ... rübergehen? Jetzt gleich?"

„Aber sicher, liebe Klara, genau das ist auch mein Bedürfnis."

Sie betraten die nebenan liegende kleine Kirche durch den Hintereingang, der durch van Kerkhofs angebauten Werkzeugraum führte. Die Tür sprang unter Klaras Berührung sofort auf. „Wann kapieren Sie endlich, dass dieser olle Schuppen abgeschlossen werden muss?" Klara schüttelte resigniert den Kopf, woraufhin ihr Chef nur wortlos die Schultern hob.

Im Innern des Anbaus streifte Klaras Hüfte einen starren Gegenstand. „Einen Rasenmäher lässt man nicht mitten im Durchgang stehen", meckerte sie, „das ist genau so, als würde der Schrubber abends mitten im Hausflur liegen, wenn Sie so spät von Ihren Sitzungen heimkommen. Nun knipsen Sie schon das Licht an!"

Kaum war der Anbau beleuchtet, prüfte Klara den nächsten Türgriff. „Wenigstens haben Sie die Tür zur Kirche abgeschlossen. Bei Ihrer Schluderei würde es mich nicht wundern, wenn sich da drinnen nachts mal irgendwelche dunkle Gestalten einnisten."

Van Kerkhofs Arm schob sich an Klara vorbei, als er die Innentür zur Kirche aufschloss.

„Ich habe schon gehört, dass Sie gerade gelacht haben", grummelte Klara, doch im nächsten Moment wurde sie ganz still. Von Ehrfurcht erfüllt, ruhte ihr Blick auf der Gottesmutter seitlich des Altarraumes. Hier drinnen, in der kühlen, von Weihrauch geschwängerten Kirche veränderte sich augenblicklich alles. Die kleinen Dinge des Alltags verloren an Bedeutung, wogegen ihr

34

Pfarrer aufgrund seines Amtes für Klara auf einmal deutlich an Respekt gewann.

Schnurstracks schlug Klara den Weg zum Marienaltar ein und entzündete eines der bereitliegenden Teelichter. Sie bekreuzigte sich und murmelte mit gesenktem Haupt und geschlossenen Augen ein Gebet, um daraufhin in Richtung van Kerkhofs zu zischen: „Nun kommen Sie schon her, zünden Sie auch ein Licht für den armen Colin an!"

Dass sie von ihrem Pfarrer einen erstaunten Blick erhielt, wollte Klara für den Moment genießen. Sie kehrte dem Marienaltar den Rücken und platzierte sich in der vorderen rechten Kirchenbank, in der Klara und ihr Chef sich schon so oft ausgetauscht hatten, wenn sie konzentrierte Ruhe und Andacht suchten.

Zufrieden nickend verfolgte Klara nun, wie auch der Pfarrer in sich ging und sein Gebet sprach. Ob auch in seinem Herzen ein Funke Hoffnung glomm, zur Aufklärung des Mordes an dem jungen Engländer beitragen zu können? Schließlich war ihnen das bislang noch bei jedem Verbrechen gelungen, das ihren Weg gekreuzt hatte.

Dieser engstirnige Kommissar aber auch! Schon wieder hatte er sich seine dumme Bemerkung nicht verkneifen können, Klara ziehe das Unheil an, nur, weil sie mit wachen Augen durch das Leben ging. Das ganze Land war doch übersät von kriminellen Handlungen! Wenn mehr Menschen hinsähen, würde sich so manches Übel vermeiden lassen.

Van Kerkhof setzte sich neben Klara in die Bank. „So so, Sie kennen also auch seinen Namen. Jetzt wäre es an der Zeit, mich ein bisschen aufzuklären, Klara, finden Sie nicht auch?"

„Ich habe ein Foto von ihm in der Zeitung gesehen, unter dem sein Name stand."

„Das kann nicht sein, es ist heute Morgen erst geschehen."

„Ich meine ja auch, in einer älteren englischen Zeitung."

Van Kerkhofs Gesicht wandte sich Klara zu. „Seit wann lesen Sie englische Journale, meine Liebe? Sie verstehen doch kein einziges englisches Wort." Umgehend wurde er milder gestimmt, weil Klara Tränen aus den Augen kullerten.

„Jetzt werden sie ihn fortgebracht haben", jammerte sie, „dann liegt er in einem kalten Raum, einsam und verlassen, und wahrscheinlich weiß noch nicht mal seine Familie, dass er nicht mehr lebt ..."

Van Kerkhofs Arm zuckte nach oben, doch Klara bremste ihn aus. „Jetzt fassen Sie mich ja nicht an, Herr Pfarrer!" Damit rückte sie ein Stück zur Seite.

„Also gut", sagte van Kerkhof, „eins nach dem anderen. Ich nehme an, der Mord hat Sie so erschüttert, weil es um einen jungen Vater ging."

Klaras Augen schnellten in van Kerkhofs Richtung. „Jetzt wissen Sie aber mehr als ich! Wer hat Ihnen das denn erzählt?"

Der Pfarrer zuckte die Achseln. „Ich habe ihn mit einem Kinderwagen gesehen. Einem verpackten Wagen mit großen Rädern, in der Bahnhofshalle. Ohne Grund reist man doch nicht mit einem ..."

„Sie! Das war doch kein Kinderwagen!" Klaras Ellbogen stieß van Kerkhof gegen den Unterarm.

„Und woher, liebe Klara, wollen Sie das nun wieder wissen?"

„Weil das ein Leierkasten war!"

„Ach." Der Pfarrer hielt einen Moment inne, bevor er erneut nachhakte: „Das hat der junge Mann Ihnen wohl verraten?"

„Nein, ich habe ihn damit mal in der Limburger Innenstadt gesehen."

Van Kerkhof nickte verständnisvoll vor sich hin, hob dann aber erneut den Blick. „Wann waren Sie denn in der Stadt ohne mich?"

„Das spielt doch jetzt keine Rolle. Es gibt Dinge, die ich vielleicht mal einkaufen will, ohne dass Sie davon wissen müssen, und es gibt einen Bus, der jeden Tag nach Limburg reinfährt. Und wenn Sie mich schon nicht zu all Ihren Tauf- und Trau- und Trauergesprächen mitnehmen, darf ich ja wohl meinen Nachmittag auch einmal nach meinen Wünschen nutzen."

Van Kerkhof wirkte irritiert, als er anmerkte: „Ich dachte, wir hätten keine Geheimnisse voreinander, liebe Klara ..."

„Anscheinend haben Sie sich da geirrt, lieber Herr Pfarrer!", gab Klara etwas überheblich zurück. Dann fiel ihr etwas ein: „Wenn Ihr Kollege, dieser evangelische mit den komischen Nackenlocken", dabei klang Klara nicht mehr überheblich, sondern hörbar abfällig, „also wenn der Sie mal auf mich und die Innenstadt ansprechen sollte, dann sagen Sie ihm, das war einfach nur mal so ..."

„Sie wissen genau, dass der evangelische Kollege Pfarrer Tiedgen heißt. Und was war ,einfach nur mal so'?"

„Eben das! Schluss, aus, mehr will ich dazu jetzt nicht sagen. – Aber diese Mordgeschichte, die war nicht einfach nur mal so. Ach, Herr Pfarrer, könnten wir nachher noch mal zum Bahnhof fahren? Es wäre mir ganz, ganz wichtig."

Van Kerkhof seufzte resigniert, wie immer, wenn seine Haushälterin auf etwas bestand, gegen das er keine Chance hatte. „Das denke ich mir, dass Ihnen das ganz, ganz wichtig ist. In Ordnung, wir fahren nach dem Mittagessen."

Klaras speckige Hand schlug auf ihren Schenkel. „Denkt der Mann doch schon wieder ans Essen! Heute bleibt die Küche kalt. Wer kann sich denn an den Herd stellen, wenn er kurz zuvor eine Leiche gesehen hat? Fragen Sie doch Ihre Sekretärin. Frau Wischnewski kocht Ihnen sicher gerne was!" Damit erhob sich Klara, ein deutliches Signal, dass es für sie momentan keinen Bedarf mehr gab, sich weiter über den Mord in der Fotokabine und den jungen Engländer zu unterhalten.

5.

Vor dem Bahnhof parkten etliche Fahrzeuge der Polizei. „Sind die immer noch hier oder schon wieder?", fragte Klara mit jenem vorwurfsvollen Unterton, der van Kerkhof bestens bekannt war.

„Vergessen Sie nicht, dass auch wir wieder hier sind, Klara. Außerdem steht mittlerweile fast jeden Tag die Polizei mal vorm Bahnhof. Die Welt verändert sich, auch unser friedliches Limburg bleibt von der wachsenden Kriminalität nicht verschont."

Klara schüttelte den Kopf. „Wie geschwollen Sie wieder daherreden, Herr Pfarrer, mich müssen Sie nicht belehren. Ich weiß selbst, was los ist." Ihre Augen schweiften über den Vorplatz und van Kerkhof entging nicht, dass sie anklagend an einer kleinen Gruppe von Ausländern hängen blieben.

Hier und jetzt bot sich die Gelegenheit, ein längst überfälliges Thema aufzugreifen. Da musste seine Klara jetzt durch, und wie gut, dass der Bahnhof sie momentan als Tatort fesselte und sie nicht weglaufen würde.

Van Kerkhof umfasste Klaras Ellbogen und zeigte auf einen jungen Mann mit dichtem schwarzen Haar, der etwas am Rande stand. „Das ist Arasch. Er kommt aus dem Iran."

„Und? Was soll ich mit dem?" Klaras Interesse hielt sich in Grenzen.

„Er kann uns vielleicht etwas zu unserem bedauernswerten Toten sagen."

„Jetzt fangen Sie auch noch Freundschaft mit den Muselmännern an, Herr Pfarrer!"

Van Kerkhof sah sie scharf an. „Meine liebe Klara, Ihre sogenannten Muselmänner sind Gottes Geschöpfe wie alle anderen auch. Ich hoffe doch nicht, dass ich mir vor vierzig Jahren eine kleine Ausländerfeindin ins Haus geholt habe?"

Klara gab sich kleinlaut. „Nein, das nicht. Die sollen uns nur mit ihrer komischen Religion vom Leibe bleiben."

„Arasch hat keine komische Religion, wie Sie es nennen. Er ist Christ. Und weil er in seinem Heimatland, dem Iran, für seine Religion geworben hat, musste er fliehen."

„Dann ist das natürlich etwas anderes!" Klara hob unschuldig beide Hände. „Ich habe nichts gesagt."

„Das will ich auch hoffen", sagte der Pfarrer streng.

Seine Haushälterin überlegte einen Moment, dann hatte sie ihren Gedanken in Worte gefasst: „Ist er denn auch ein richtiger Christ?"

„Wie meinen Sie das, meine Liebe?"

„Na ja, Sie wissen doch wohl, dass es zumindest zwei Sorten gibt ..."

„Sie meinen, ob er auch katholisch ist?"

„Natürlich! Genau das meine ich. Ich meine, wenn er evangelisch ist, dann hätte er auch gleich ein Muselmann bleiben können!"

„Ich bitte Sie nun aber wirklich, Klara!"

„Aber es stimmt doch! Dafür setzt man doch nicht sein Leben aufs Spiel!"

„Nun ist es aber gut. Ich will so etwas nicht mehr hören!" Van Kerkhof wurde so laut, dass sich schon einige Leute nach ihm umdrehten.

„Gucken Sie nur, was Sie angerichtet haben, Herr Pfarrer!", wurde er deshalb gleich von Klara gemaßregelt.

Van Kerkhof ging jedoch nicht darauf ein, sondern klärte sie in wesentlich leiserem Tonfall auf: „Wenn Sie mich so fragen: Ich weiß es nicht! Und wenn ich ehrlich bin, ist es mir auch völlig egal, ob er evangelischer oder katholischer Christ ist!"

Klara rümpfte die Nase: „Das sieht Ihnen mal wieder ähnlich! Manchmal frage ich mich wirklich, warum Sie ..." Sie stockte plötzlich. Der Gedanke, der ihr auf der Zunge gelegen hatte, schien selbst ihr zu ungeheuerlich, um ihn weiter in Worte zu fassen.

„Warum ich Priester geworden bin, wollten Sie fragen? – Nun, ganz bestimmt nicht, um Vorurteile gegen Menschen zu schüren, die unsere Hilfe dringend nötig haben. Und auch nicht, um unsere protestantischen Glaubensbrüder zu verunglimpfen!"

„Zu verunglimpfen! Was Sie für Wörter benutzen, wenn man Ihnen auf den Schlips tritt."

„Dann sollten Sie endlich einmal damit aufhören, das zu tun! Für uns Christen zählt einfach nur der Mensch, und nicht seine Herkunft oder seine Religion!"

„Jetzt reden Sie aber ganz schön modern daher! Aber das kennt man ja von Ihnen, Herr Pfarrer!"

Das Gespräch fand an dieser Stelle ein jähes Ende, denn der junge Mann aus dem Iran stand plötzlich neben ihnen.

„Hallo, Herr Pfarrer!" Er streckte van Kerkhof freundlich seine Rechte entgegen.

„Schön, Sie zu sehen, Arasch", sagte der Pfarrer, indem er den Gruß erwiderte. „Es sind schlimme Umstände, unter denen wir uns wiedersehen."

„Ja, habe ich gehört, dass ein Mann tot ist!"

„Leider. Man hat ihn erstochen!"

Der junge Mann riss die Hände vors Gesicht. „Furchtbar, das ist furchtbar!"

„Haben Sie vielleicht etwas gesehen?", drängte sich Klara in das Gespräch. „Ich meine, Sie und Ihre Freunde, Sie sind doch öfter hier am Bahnhof!"

Arasch schüttelte den Kopf: „Bin ich nicht oft hier. Heute erstes Mal seit langer Zeit. Wollte ich nach Weilburg fahren zu eine Freund."

Klara sah ihn misstrauisch an. „Aber ich habe Sie doch schon ein paar Mal hier gesehen?"

Jetzt schaltete sich der Pfarrer ein: „Das wundert mich, meine Liebe. Ich wüsste nicht, wann wir das letzte Mal am Bahnhof gewesen wären!"

„Es gibt ja nun auch noch ein paar Sachen, die ich ohne Sie machen kann", fauchte Klara ihn an. Dann trat sie auffällig an ihn heran und flüsterte ihm ins Ohr: „Das war doch ein Trick, Sie Dösbaddel!"

„Geh ich jetzt lieber, sonst mein Zug ist weg!" Dem jungen Mann war die Situation sichtlich unangenehm.

„Sie brauchen jetzt nicht wegzulaufen", wurde er von Klara angefahren. „Außerdem kommt da gerade der Kommissar."

Tatsächlich kam Kommissar Hartwichs mit großen Schritten heran. Er reichte Klara und dem Pfarrer kurz die Hand. „Wie heißt es so schön: Man trifft sich im Leben immer zwei Mal." Sein Blick ruhte auf Klara, als er fortfuhr: „Wir hingegen treffen uns zwei Mal an einem Tag, nicht wahr, Frau Schrupp? Sie scheinen in der Tat eine richtige Begabung zu haben, immer in die wenigen Mord..., Entschuldigung, Kriminalfälle dieser Stadt hineinzustolpern."

„Erstens bin ich für Sie immer noch Fräulein Schrupp! Aber das können Sie sich sowieso nicht merken!" Klaras Blicke sprühten Funken. „Zweitens stolpere ich nirgends hinein, ich wohne hier, und das wissen Sie auch! Und dass ich mich heute Morgen am Bahnhof aufgehalten habe, war der reine Zufall. Sie hingegen hätten ruhig mal schneller hier sein können! Bestimmt sind Ihnen wichtige Zeugen durch die Lappen gegangen."

„Von denen einer Sie waren?", fragte Hartwichs mit schief gelegtem Kopf. „Kommen Sie, Frau Schrupp, wenn Sie etwas zu sagen haben, so haben Sie jetzt die Gelegenheit dazu. Hier stehe ich und bin ganz Ohr."

„Ach, jetzt ist meine Aussage Ihnen wohl gut genug. Das hätten Sie sich mal besser heute Vormittag bewusst gemacht!" Sie winkte ab und drehte sich zum Bahnhof um.

„Na, wenn Ihre Haushälterin uns jetzt nichts zu sagen hat, gehen wir hier weiter unserer Arbeit nach", vernahm sie die Stimme des Kommissars in ihrem Rücken, „Hauptsache, Frau Schrupp enthält uns nichts vor, was für uns von Bedeutung sein könnte."

„Glauben Sie mir, Herr Hartwichs", ertönte daraufhin die Stimme van Kerkhofs voller Überzeugung, „das würde sie niemals tun, dafür lege ich meine Hand auf den Herd."

„Ins Feuer heißt das!"

Damit drehte Klara sich wieder zu den Männern um, froh über die Gelegenheit, von sich ablenken zu können. Für einen Moment war ihr heiß geworden, so heiß, dass ihr selbst die Nylonstrümpfe auf den Waden brannten.

„Ich weiß doch, wie fest Sie hinter Frau Schrupp stehen", lenkte Hartwichs ein. „Sie ist ja auch eine außergewöhnlich zuverlässige Haushaltshilfe."

„Haushälterin!", konnte Klara sich nicht zurückhalten. Doch die Aufmerksamkeit des Kommissars galt nicht mehr ihr. Möglichst unauffällig wies er mit dem Kopf in Richtung des jungen Iraners. „Und dieses Mal haben Sie sich sogar Unterstützung aus dem Ausland geholt?"

„Das ist Arasch, ein lieber Freund", stellte van Kerkhof vor.

„Kann er Deutsch?", wollte Hartwichs wissen.

„Ich habe gerade *B 2* bestanden!" Arasch streckte ihm lächelnd die Hand entgegen. „Und spreche ich auch bisschen Englisch", fügte er eifrig hinzu.

„Na, dann sind Sie ja wirklich ziemlich fortgeschritten", sagte Hartwichs und erwiderte den Gruß.

„Was ist denn *B 2*?", fragte Klara neugierig.

„Ein Zertifikat, das man bekommt, wenn man ziemlich gut Deutsch kann!", klärte der Pfarrer sie auf.

„Dazu haben Sie es jedenfalls noch nicht gebracht!"

Van Kerkhof wollte gerade auf Klaras bissige Bemerkung etwas erwidern, doch sah er, wie sich der Kommissar trotz der schlimmen Situation ein Lächeln verkneifen musste, und so schwieg er lieber. Außerdem wandte sich der Kommissar jetzt dem jungen Mann zu: „Darf ich Ihnen ein paar Fragen stellen?"

Arasch zuckte mit den Achseln: „Natürlich, warum nicht?"

„Okay, dann sagen Sie mir doch einmal, wie lange Sie heute schon hier auf dem Bahnhofsgelände sind."

„Noch nicht lange. Wollte ich ja nur Fahrkarte lösen und dann mit dem Zug nach Weilburg fahren."

„Sie haben also nichts mitbekommen von dem, was sich hier abgespielt hat?"

Der junge Mann sah den Kommissar mit großen Augen an.

„Verstehen Sie, was ich meine?"

„Ich verstehe nicht ... abgespielt, was ist das?"

„Na, was hier passiert ist."

„Oh, entschuldigen Sie bitte, jetzt weiß ich. Nein, ich habe nur gesehen die vielen Leute und hören den Krankenwagen."

„Danke Ihnen, dann können wir Sie als Zeugen leider nicht gebrauchen", sagte Hartwichs lächelnd.

„Nein, mich nicht. Aber vielleicht Kollegen da draußen? Sind viele hier schon stundenlang und haben sich untergehalten."

„Untergehalten! Das ist doch kein Deutsch!", konnte Klara sich nicht zurückhalten.

„Oh, Entschuldigung. Ich mache immer falsch!" Dem jungen Mann war sein Fehler spürbar peinlich.

„Unterhalten muss das heißen!"

„Natürlich, unterhalten ist kein trennbares Verb!"

„Was reden Sie denn da schon wieder, Herr Arasch?", reagierte Klara ungehalten.

„Sprachkurs", antwortete der Iraner nur grinsend. „Trennbare und nicht trennbare Verben."

„Davon hab ich noch nichts gehört!"

„Das müssen Sie auch nicht, liebe Klara."

„Richtig", pflichtete Hartwichs dem Pfarrer bei. „Da haben wir hier im Moment ganz andere Probleme."

Nun kehrte Klara endgültig allen den Rücken und strebte auf den Eingang der Bahnhofshalle zu.

„So warten Sie doch, Klara!", rief van Kerkhof ihr nach. „Wo will sie denn jetzt wieder hin?" Der verzweifelte Unterton brachte seine Haushälterin zum Schmunzeln. Indem ihr Chef ihr folgte, setzte er ein wichtiges Zeichen für den Kommissar: Selbst wenn man sie hier als ungebildet abgetan hatte, war es doch sie, die bestimmte, wo es langging!

Da sie jedoch nicht wusste, wohin genau sie im Augenblick wollte und den Anblick der immer noch von Schaulustigen umringten Fotokabine zur Rechten lieber mied, hielt sie sich links.

Dort stellte sie sich vor den gläsernen Sichtkasten mit den Daten der Zugverbindungen und starrte ausdruckslos auf den großen Fahrplan.

Ein wenig keuchend fragte van Kerkhof ihr in den Nacken: „Was gibt es hier zu sehen, Klara? Ich habe nicht vor, heute noch irgendwohin zu reisen."

„Das sollen Sie auch nicht, Herr Pfarrer. Aber Sie können mir mal aus dem Licht gehen."

Im Glas spiegelte sich etwas auf dem mittleren Gleis, das ihre ganze Konzentration forderte. Gleich darauf drehte sich zu ihrem Chef um und bat ungewöhnlich höflich: „Ach, Herr Pfarrer, besorgen Sie mir doch bei Gelegenheit einmal die Handynummer von Ihrem Arasch, ja?"

„Wozu das denn?", fragte van Kerkhof mit erstaunten Augen.

„Nun, es wäre sicher angebracht, dass ich mich bei dem Jungen entschuldige. Ich meine, ich war ja nicht gerade freundlich zu ihm."

Wenn auch ein wenig skeptisch, so zeigte sich van Kerkhof doch sofort bereit, die entsprechende Telefonnummer für seine Haushälterin in Erfahrung zu bringen. Vielleicht hatte seine Rede vorhin ihr doch ein wenig Einsicht bei diesem heiklen Thema vermitteln können.

Van Kerkhof drückte sich die Hand auf die Magengegend. „Bei allem Mord und Totschlag, liebe Klara, jetzt habe ich wirklich großen Hunger!"

Zu seiner Verwunderung pflichtete Klara ihm bei. „Stimmt, unser Mittagessen ist ja ausgefallen. Dann lassen Sie uns essen gehen!" Dabei klopfte sie mehrmals mit der flachen Hand auf ihre Westentasche, als befänden sich dort Zutaten für ein Mahl.

Sie lief strammen Schrittes voran, aus der Bahnhofshalle hinaus, brachte ein wenig Abstand zwischen sich und den Pfarrer. Der sah sehr wohl, dass Klara einen Zettel aus der Westentasche zog und ihn sich kurz unter die Augen hielt. Dann nickte sie vor sich hin, drehte sich zum Pfarrer um und sagte: „Lassen Sie uns in das Restaurant gehen, in das der Küster uns damals zu seinem Geburtstag eingeladen hatte!"

Das klang mehr wie ein Befehl, als dass es ein Vorschlag war. Van Kerkhof blieb stehen und sah Klara ungläubig an.

„Na los", forderte diese, „Sie kennen den Weg. Freuen Sie sich doch, dass Sie einmal von mir eingeladen werden."

Jetzt war der Pfarrer wahrhaft gespannt. Er beschloss, nicht weiter nachzufragen, sondern sich überraschen zu lassen, was seiner sparsamen Haushälterin durch den Kopf ging. Denn dass da irgendetwas dahintersteckte, stand außer Frage.

Kaum waren sie durch die Eingangstür des Restaurants getreten, versuchten Klaras Augen, die gesamte Umgebung einzufangen. Als wolle sie sich jedes Detail einprägen, blieb ihr Blick kurz an jedem der sauber gedeckten Tische haften.

Da die Mittagszeit überschritten war, hielten sich keine Gäste mehr hier auf, und eine Bedienung stand sogleich bereit, um den Pfarrer und seine Haushälterin zu einem Zweiertisch in der Mitte des Raumes zu geleiten.

„Ich würde aber gern mit dem Rücken zur Wand sitzen", ließ Klara ungeniert verlauten. Van Kerkhof wusste, dass er hier machtlos war, denn seine Klara brauchte zum einen die stete Rückendeckung und zum anderen den kompletten Überblick. Er selbst war nur froh, dass sie um diese Zeit noch eine warme Mahlzeit bestellen durften.

Die Bedienung im sauberen schwarz-weißen Kleid fragte nach ihren Getränkewünschen.

„Bringen Sie uns zwei Gläser Mineralwasser. Aber nicht zu kalt und ohne Blasen", orderte Klara und merkte schon, dass die junge Frau kurz zögerte, um dem Pfarrer ihren fragenden Blick zu schenken.

„Er trinkt dasselbe", verkündete Klara, um dann mit einem Blick auf ihren Chef hinzuzufügen: „Du meine Güte, Ihr Magen knurrt ja wie ein hungriger Wolf, das ist ja schon peinlich!"

Die junge Bedienung hielt sich dezent die Hand vor den Mund. „Ich bringe Ihnen sofort die Speisekarte."

Als sie sich entfernt hatte, flüsterte van Kerkhof Klara zu: „Jetzt wundern Sie sich nicht, wenn wir kleine Flaschen mit Wasser bekommen, und schicken Sie die Dame nicht wieder damit zurück. Einzelne Gläser mit Mineralwasser werden in Gaststätten nicht serviert."

Klara schlug die Hände zusammen. „Ist ja gut! Was Sie weit gereister Mann wieder alles so wissen ... Aber glauben Sie mir, das weiß ich auch! Man sagt das halt so, ein Glas Wasser."

„Sie haben aber gleich für mich mitbestellt, liebe Klara. Und so schön es ist, dass Sie mich zum Essen einladen, so sehr bitte ich Sie, dass Sie mich das Menü selbst aussuchen lassen."

Klara schüttelte entnervt den Kopf. „Was denken Sie denn? Natürlich suchen Sie sich aus, was Sie essen wollen. Achten Sie aber darauf, dass kein Knoblauch darin ist, und zu viel schwarzen Pfeffer vertragen Sie auch nicht. Und am besten ..."

„So, bitte sehr." Die Bedienung servierte ihnen die Getränke und legte sorgsam die Speisekarten vor ihnen auf den Tisch. Während der Pfarrer sich in den Ledereinband vertiefte, hielt sich Klara in ihrer Gedankenwelt auf.

Schließlich fragte van Kerkhof: „Sie schauen ja gar nicht hinein. Wissen Sie schon, was Sie wollen?"

Anstatt eine Antwort zu erhalten, sah er zu, wie seine Haushälterin in ihre Westentasche griff.

„Fräulein!", rief sie laut, und als die Bedienung umgehend zu ihnen an den Tisch kam, reichte Klara ihr einen Zettel. „Können Sie sich erinnern, ob dieser junge Mann in der letzten Zeit abends einmal hier war?"

Die Bedienstete brauchte nicht lange, um sich zu erinnern. „Ja, er war hier. Aber ich darf ..."

„Sie dürfen uns alles sagen, was Sie wissen. Er ist tot und wir ermitteln in dieser Sache." Damit streckte sie der perplexen jungen Frau einen Ausweis entgegen, den van Kerkhof sogleich als Klaras

Seniorenpass erkannte – und den Klara schneller, als die Bedienung schauen konnte, auch wieder eingesteckt hatte.

Der Pfarrer hielt die Luft an, fragte sich, was nun folgte und war nicht wenig erstaunt, als die erblasste junge Frau ihnen Auskunft gab.

„Tot, sagen Sie ... Zwei Mal habe ich ihn hier gesehen, diesen Ausländer. Er sprach aber gut Deutsch. Das erste Mal war vor etwa einer Woche, da war er in Begleitung."

„Weiblich? Männlich?" Klaras Hand bewegte sich dazu, als wolle sie damit diese Auskunft beschleunigen.

„Weiblich, ja, ein junges Mädchen. Aber fragen Sie mich nicht nach ihrem Aussehen, beim besten Willen kann ich mich an sie nicht mehr erinnern ..."

„Natürlich, weil Sie nur Augen für den Jungen hatten!"

„Klara, bitte!", sagte van Kerkhof bemüht leise.

„Die beiden haben also hier gegessen. Und weiter?" Ganz kurz erhob sich Klara und schnappte sich besagten Zettel aus der Hand der Bedienung, den van Kerkhof als einen Zeitungsausschnitt erkannte, und steckte ihn wieder in ihre Westentasche.

„Na ja ...", die junge Frau senkte den Blick. „Ich hörte, wie er sagte: ,Such dir aus, was du willst, *I'll pay for you.*' Also, er wollte bezahlen, falls Sie das nicht ..."

„Doch, doch", unterbrach van Kerkhof sie, „so viel Englisch kann ich noch verstehen."

„Ja, das können wir", pflichtete Klara eiligst bei. „Und den Rest erzählen Sie uns bitte trotzdem auf Deutsch!" Dabei versuchte sie, den verwunderten Blick ihres Chefs zu ignorieren.

Die junge Bedienung nickte kurz, dann sprach sie weiter: „Also er selbst hat sich dann das umfangreichste Menü bestellt, das wir auf der Karte haben. Ich hatte mich schon gewundert, weil er gar nicht so aussah, als könne er so viel ... Aber solche Gedanken stehen mir nicht zu."

„Weiter! Als könne er nicht so viel essen oder nicht bezahlen?", hakte Klara forsch nach.

„Also essen konnte er, und wie. Aber er wirkte nicht auf mich, als hätte er einen dicken Geldbeutel. Und als es dann ans Bezahlen ging, hatte er angeblich sein Portemonnaie vergessen ... oder verloren ... Wie auch immer, das Mädchen hat dann bezahlt, für beide."

„So etwas kann vorkommen", kommentierte Klara bündig, sodass van Kerkhof fast den Eindruck hatte, als wolle sie den Toten verteidigen.

„Ja, das kann es", gab die Bedienung Klara mit scheuem Nicken recht. „Nur, als er dann gestern Abend wieder hier am Tisch saß – er kam recht spät noch, diesmal alleine – und sich wieder dieses große Menü bestellt hat, da habe ich die Geschichte vom ersten Mal meinem Chef erzählt und dieser hat darauf bestanden, dass ich den Gast darauf anspreche und ihn bitte, sich doch im Voraus zu überzeugen, ob er ... also ob er für die Rechnung auch aufkommen könne. Das war nicht einfach für mich, das können Sie mir glauben."

Klara faltete die Hände und legte sie auf das weiße Tischtuch. Unverwandt blickte sie der jungen Frau ins Gesicht, bis diese wieder anhob zu sprechen. Sie drehte sich um, als wolle sie sich vergewissern, dass ihnen niemand zuhörte. Dann sprach sie sehr leise: „Wenn Sie sagen, Sie würden ermitteln, gegen ihn, für ihn, was weiß ich, dann lassen Sie das, was ich Ihnen jetzt sage, aber bitte meinen Chef nicht hören."

„Das behalten wir ganz bestimmt für uns. Was wollen Sie uns denn beichten?"

„Klara, bitte versprechen Sie nichts, was Sie nicht halten können!", warnte van Kerkhof mit ernster Miene.

„Es wird schon nichts so Schlimmes sein", sagte Klara, während sich ihre Augen in die der jungen Bedienung bohrten.

„Mein Chef hat mir vorher klipp und klar gesagt, sollte dieser Gast nicht bezahlen können, so müsse ich dafür aufkommen, und Konsequenzen für mich hätte es auch. Weil ... es ist schon ein paar Mal passiert, dass gerade bei mir jemand ohne zu bezahlen gegangen ist. Angeblich habe ich keine Menschenkenntnis ...""

„Und? Hat dieser Gast gesagt, er könne bezahlen?" Klaras Finger trommelten leise auf dem Tischtuch.

„Ja. Er hat mich ganz offen angesehen und gesagt, diesmal hätte er sein Portemonnaie dabei und hat dazu auf seinen Rucksack geklopft."

„Und? Hatte er?"

„N...ein." Die junge Bedienung wischte sich übers Gesicht. „Er tat mir irgendwie leid. Er muss das gemerkt haben. Weil, er hat nur mit den Schultern gezuckt und mich traurig angeschaut. Er zog die Füße unter dem Tisch hervor und ich sah, nun ja, er trug nicht einmal Schuhe ... Dann sagte er leise: ,Thank you', ist aufgestanden und gegangen."

„Aber gegessen hat er", folgerte van Kerkhof, „und um Mitleid zu erregen, hat er die Schuhe in seinem Rucksack versenkt."

Die junge Frau hob die Schultern und nickte wortlos, und Klara sagte: „Aha! Und ich nehme an, Sie haben die Rechnung beglichen. Heimlich."

Wieder nickte die Bedienung, legte aber dazu den Finger auf den Mund.

Klara griff nach der Speisekarte. „Zeigen Sie mir doch noch, was er gegessen hat."

Mit zitternden Händen blätterte die Bedienung weit nach hinten. „Das hier. Die Nummer 23."

Klara äugte auf die Stelle in der Speisekarte, rückte dann ihre Brille zurecht und starrte erneut auf die Seite mit den Menüs. „Was?! Das hier kann doch nicht Ihr Ernst sein! Und da wundern Sie sich, wenn ein junger Mann schlappmacht beim Bezahlen? Dafür hätte er ja seine Drehorgel verkaufen müssen!" Unter dem gesenkten Haupt der Bedienung blätterte Klara in der Karte. Sie überhörte die leise Bemerkung des Pfarrers: „Dieser englische Junge scheint halb Limburg verhext zu haben."

„Danke für die Auskünfte. Aber wir essen nichts!", gab Klara der jungen Frau zu verstehen. „Für so ein Menü, wie Sie das nennen, kann ich ja die ganze Woche einkaufen!"

Van Kerkhof spülte den Appetit auf eine herzhafte Mahlzeit mit einem Schluck Wasser hinunter. Er hatte es sich ohnehin gedacht: Das hier passte doch nicht zu seiner sparsamen Haushälterin!

Nein, sie hatte völlig andere Gründe für den Besuch in diesem Restaurant. Aber er beschloss, sich nicht mehr zu wundern, er kannte doch seine Klara: Mit ihrem Mitteilungsdrang würde sie ihn noch früh genug aufklären. Im Moment schien sie irgendetwas mit sich zu tragen, das ihr noch nicht über die Lippen wollte.

Die Bedienung war ein paar Schritte zurückgetreten und stand ratlos und mit auf dem Rücken verschränkten Armen da, sichtbar unfähig zu einer Antwort. Immer wieder schielte sie zur Tür der Küche.

„Wir behalten das ganz für uns", beruhigte der Pfarrer sie in gedämpftem Ton. „In meinen Augen haben Sie nicht zuerst sich selbst retten wollen, als Sie für Ihren Gast bezahlt haben, sondern Sie haben Mitleid mit einem anderen Menschen gehabt, selbst wenn der sich als Lügner entpuppt hat. Klara, das sagt man doch so, entpuppt?"

Klara nickte. Auch sie schien Gefallen an der Vorstellung zu finden, wie der junge Engländer sich zwischen diesen teuren Tapeten satt gegessen haben musste.

„Vergessen Sie die Lüge Ihrem Chef gegenüber", sagte van Kerkhof sanft, „der junge Mann mag mit schlechter Absicht hierhergekommen sein, aber er war auch hungrig, und vielleicht hatte er wirklich kein Geld. Denken Sie lieber daran, was Jesus gesagt hat: *Was ihr für einen meiner geringsten Brüder getan habt, das habt ihr mir getan.*"

„Matthäus, Kapitel 25", fügte Klara hinzu, „lesen Sie selbst."

Jetzt füllten sich die Augen der jungen Bedienung mit Tränen, sodass Klara unverzüglich aufstand und auf sie zuging. Einen ganzen Kopf kleiner als die junge Frau, vermochte Klara es doch, sie mit ihren kurzen Armen tröstend zu umfangen.

„Seien Sie uns nicht böse, liebes Kind", sagte Klara, „aber in unserer Speisekammer steht noch ein halber Topf mit Erbsensuppe. Davon werden wir auch satt. Die Rechnung hierfür", Klara deutete auf die Speisekarte, „müssten Sie wahrscheinlich auch für uns übernehmen." Damit brachte sie die junge Frau zum Lächeln und diese begleitete den Pfarrer und Klara zur Tür.

„Haben Sie das Wasser bezahlt, Herr Pfarrer?", fragte Klara beim Hinausgehen. „Wir sind doch keine Zechenpreller."

„Ja, das Geld liegt auf dem Tisch. Jetzt darf ich aber einmal Sie korrigieren, liebe Klara. Das heißt Zechpreller."

„Von mir aus, ich brauche so was nicht zu wissen, ich habe weder vor, zu prellen, noch halte ich mich wie Sie häufig in irgendwelchen Gaststätten auf. Außerdem haben Sie mich ja eingeladen."

Pfarrer van Kerkhof, der mit Klara auf einer Höhe die Straße entlangging, verkniff sich einen Konter auf ihre Spitze und sagte nur freundlich: „Das habe ich gern getan. Wenn ich Ihnen das aber einmal sagen darf: Sie verhalten sich heute sehr seltsam."

„Jetzt denken Sie doch mal lieber ans Essen, Herr Pfarrer! Ich dachte, Sie hätten Hunger! Und wie gesagt: In unserer Speisekammer steht der Rest Erbsensuppe vom Samstag. Die haben wir umsonst. Das bisschen Strom für den Herd kostet höchstens zwei Groschen. Und wenn ich die Suppe wärme und den Tisch decke und Sie den Abwasch übernehmen, haben wir uns auch die Arbeit geteilt. Und viel Geld gespart!" Dann schüttelte Klara den Kopf und tippte sich gegen die Schläfe: „Preise haben die heutzutage!"

Auf dem weiteren Rückweg zur Tiefgarage tat Klara so, als schenkte sie den frisch gepflanzten Frühlingsblumen in all den Kästen und Schalen ihre Aufmerksamkeit, plapperte unentwegt über die Wucherpreise der Gastronomie und über belanglose Dinge. Diese machte sie, wie aus der Luft gegriffen, zum Thema – und sorgte so dafür, dass van Kerkhof weder den Mut aufbrachte noch Gelegenheit bekam, sie mit den naheliegenden Fragen zu konfrontieren: Woher zum Beispiel das Foto stammte, das sie der Bedienung unter die Augen gehalten hatte – und wie Klara auf die Idee gekommen war, ausgerechnet dieses spezielle Restaurant aufzusuchen.

An einer Straßenecke blieb Klara auf der Stelle stehen und starrte auf die Pflastersteine unter ihren Füßen. Dann schien sie sich einen Ruck zu geben und wischte sich mit dem Ärmel über die Augen. Ohne weiteren Kommentar setzte sie den Weg fort, wankte dabei, als wäre sie alkoholisiert.

Gleich darauf wanderte ihr Blick an den hohen Hausfassaden empor. Sie drehte sich und reckte den Hals. „Ach, Herr Pfarrer, kann man von hier aus nicht wenigstens ein bisschen von den Domspitzen sehen? Das würde mir gerade mal sehr guttun", jammerte sie.

„Leider nicht", gab van Kerkhof hilflos zurück. „Aber wir könnten hinaufgehen."

„Wieder in die entgegengesetzte Richtung? Wann wollen wir denn da an unserem Auto sein!" Dann lief sie, ohne sich nach ihm umzudrehen, voraus zum Parkhaus.

Der Pfarrer konnte Klaras Verhalten nicht einordnen. *Confuus*, sagte man in seiner Heimatsprache. Genau, im Deutschen nannte man das auch so. Seit dem Vorfall am Bahnhof war seine Klara völlig konfus.

So fuhren sie schließlich schweigend zurück zum Pfarrhaus, und hätte er Klara nicht an die Erbsensuppe in der Speisekammer erinnert, er hätte vermutlich gar nichts zu essen bekommen.

6.

Die Kirchenuhr schlug zwölf Mal. Klara lag auf ihrem Bett, einen nassen Waschlappen auf der Stirn. So vieles ging ihr durch den Kopf. Und ihr Chef im Nebenzimmer schnarchte, dass sich die Balken bogen. Oder nein, so sagte man doch auch, wenn jemand log ...

„Aber Lügen haben kurze Beine", brummelte Klara vor sich hin. Sie selbst hatte sehr kurze Beine. Wie oft hatte sie gestern die Finger hinter dem Rücken kreuzen müssen, weil sie ohne Unterlass flunkern, lügen oder etwas hatte verbergen müssen. Genau, sie hatte es tun müssen! Wer, wenn nicht sie, war hier in Limburg so ehrlich darauf bedacht, schnellstmöglich den Mörder des armen Colin ausfindig zu machen?

Es schien zwar – dem schwarzen Mäppchen nach – jemanden zu geben, aber der war sicher weit weg in England: ein Mädchen, das ihm einen Liebesbrief mit auf den Weg gegeben hatte, in englischer Sprache, mit kleinen roten Herzchen verziert. Der Schrift nach war es ein recht junges Mädchen. Und wie ärgerlich, dass ihr Pfarrer diese Sprache beherrschte und Klara selbst nicht. Doch gerade er kam als Übersetzer nicht infrage. Hatte er nicht am Bahnhof zu Kommissar Hartwichs gesagt, er lege seine Hand für sie ins Feuer, dass sie niemals Beweisstücke zurückhalten würde ...?

Klara nahm sich den Waschlappen von der Stirn und drehte sich auf die Seite. Jetzt drückte das Kopfkissen unangenehm gegen ihr Ohr. Es stimmte, ein reines Gewissen war ein sanftes Ruhekissen. Und Klaras Gewissen war nicht rein. Wenn sie ehrlich zu sich selbst war, hatte sie sich mit ihrer Unterschlagung auch gegen das Mordopfer gestellt. Vielleicht beinhaltete das Mäppchen Hinweise, denen sie alleine nicht auf die Spur kommen konnte. Vor allem, weil sie kein Englisch sprach. Unter Stöhnen warf Klara die Bettdecke beiseite und richtete sich auf. So war doch kein Schlafen möglich!

Die Schnarchgeräusche im Nebenraum wechselten jetzt vom Schnarren zu einem seltsam abgehackten Geräusch, das Klara die

Augen verdrehen ließ. Der Mann würde noch ersticken, wenn man ihn nicht zumindest einmal antippte ...

Dabei war Klara sich durchaus bewusst, welchem Wunsch dieser Gedanke entsprang: Insgeheim hoffte sie, ihr Chef würde aufwachen und ihrem Gewissen weiterhelfen.

Im Grunde eine gute Absicht, dachte sie, und führten gute Absichten letztlich nicht fast immer zum Gelingen?

Kurz entschlossen schlüpfte sie in ihren rosa Steppmantel, stieg in ihre Puschen, ergriff das Mäppchen und machte sich auf den Weg ins Untergeschoss.

Kater Willi sah sie groß an, nachdem sie in der Küche den Lichtschalter gedrückt hatte und sich über das Körbchen unter der Wanduhr beugte. Sie streichelte das kleine weiche Köpfchen, und mit zur Tür gewandtem Gesicht sagte sie laut: „Du armer Kleiner, kannst auch nicht schlafen!"

Noch einmal schöpfte sie Atem, rief Richtung Hausflur: „Ja, was tun wir beide denn dagegen? Trinken wir eine warme Milch?!" Sie klapperte mit dem kleinen Aluminiumschälchen und schlug die Kühlschranktür mehrmals kraftvoll zu.

Zum ersten Mal dankte Klara dem alten Haus für seine dünnen Wände, denn im Obergeschoss quietschte eine Tür. Sie hörte ihn ihren Namen rufen, dann noch einmal. Klara tat, als hörte sie ihn nicht.

Wenn der alte Schnarchbär jetzt eine Antwort erhielt, würde er ihr raten, sich wieder ins Bett zu legen – und was immer sie in die Küche getrieben haben mochte – auf morgen zu verschieben. Nein, er sollte zu ihr herunterkommen und sich mit ihr an den großen Küchentisch setzen, wo sie so oft die wichtigen Dinge des Tages besprachen und wo Klara sich sicher fühlte, weil es ihr Refugium war.

Als eine der Stufen laut knarrte, beschloss Klara, erst einmal den gewohnten Tonfall anzuschlagen, denn klein beigeben würde sie in Anbetracht der schlimmen Tatsache noch früh genug müssen.

„Irgendwann bricht unsere Treppe ein. Wie oft habe ich Ihnen schon gesagt, Sie sollen das mal beim Verwaltungsrat ansprechen!

Aber nein, der Mann will warten, bis einer von uns sich die Knochen gebrochen hat oder wir über die Leiter ins Obergeschoss klettern müssen!"

Seine verschlafene Stimme klang gar nicht freundlich: „Wenn Sie vorhaben, mitten in der Nacht mit mir über Renovierungen zu streiten, drehe ich mich gerade wieder um." Doch der Pfarrer war bereits unten angekommen und stand in seinem gestreiften Pyjama in der Küchentür. Klara wandte den Blick zur Seite – es genügte schon, ihren Chef nachts droben auf dem kleinen Flur in dieser Aufmachung zu sehen, wenn er mal wieder schlafwandelte.

„Konnten Sie nicht Ihren Morgenmantel überziehen?", tadelte sie ihn kopfschüttelnd, und als ihr einfiel, dass dieses Teil im Wäschekorb steckte, fügte sie hinzu: „Oder wenigstens Ihren Talar, der hängt doch oben am Kleiderständer."

„Ich habe nicht vor, zu predigen. Wenn ich Ihnen helfen kann, dann sagen Sie es mir. Ansonsten ist mir mein Schlaf kostbar."

Beim Anblick seines verschlafenen, seltsam fremden Gesichts stellte Klara fest, dass auch seine Brille noch oben lag. Die würde er aber gleich hier unten brauchen ... Als Klara nicht gleich etwas erwiderte, drehte er sich auf den glatten Pantoffeln um und war schon wieder auf dem Weg nach oben.

„Aber ... Herr Pfarrer", wisperte Klara kleinlaut. Jetzt hatte sie ihn aufgeweckt, dann sollte sie auch den Mut aufbringen, diese Gelegenheit zu nutzen. „Wo wir doch alle nun wach sind, Sie, ich, der kleine Willi ..."

„Nehmen Sie Ihre Schlaftropfen und geben Sie dem Kater auch etwas ab, und dann setzen wir die Nacht fort", sagte er und gähnte.

„So warten Sie doch!", rief Klara ratlos, und etwas leiser fügte sie hinzu: „Bitte, Herr Pfarrer, es gibt etwas zu besprechen."

Van Kerkhof hielt inne. Klara betrachtete seinen Hinterkopf mit den abstehenden grauen Flusen und sah, wie er die Schultern straffte. Da, sie hatte ihn neugierig gemacht, oh ja, schon den ganzen Tag war er neugierig gewesen, hatte sich vermutlich gefragt, was sie im Schilde führte. Und ein wenig konnte Klara ihn sogar verstehen. Dennoch würde er noch nicht das erfahren, was er sich erhoffte. Etwas anderes hatte Vorrang.

„Kommen Sie in die Küche. Wir trinken alle eine heiße Milch mit Honig." Sie ahnte, dass sie schon gewonnen hatte, denn mit allem, was man zu sich nehmen konnte, war ihr Pfarrer jederzeit zu locken. „Plätzchen hätte ich auch noch ..."

Während sie einen kleinen Topf auf die Herdplatte stellte, vernahm sie ein Tapsen hinter sich und das Rücken eines Stuhls. Ganz fest ballte Klara eine Hand zur Faust und schickte ein kurzes Dankgebet hinauf in die Dunstabzugshaube. Das Herz polterte in ihrer Brust. Mit Geständnissen tat sie sich nun einmal schwer, es brauchte erneut irgendeine Überleitung, damit sie noch etwas Zeit gewann.

„Eigentlich sollten Sie am Sonntag in Ihrer Predigt auch auf den toten Jungen eingehen, habe ich mir überlegt, Herr Pfarrer, auf die Todsünde Mord, das wäre mal wieder richtig wichtig, was meinen Sie?"

„Ich meine, dass ich das mache, was ich für richtig halte", gab van Kerkhof ihr schlicht zur Antwort. Dann schwenkten seine Augen hinab auf den Tisch, und er stellte fest: „Oh, wir nehmen unsere guten Trinkbecher aus dem Regal! Dann muss es um ein ernstes Thema gehen, so mitten in der Nacht ..."

Etwas fester als beabsichtigt stellte Klara die beiden gepunkteten Henkeltassen auf den Tisch, war ihr doch der amüsierte, wenn nicht gar ironische Tonfall ihres Chefs nicht entgangen.

„Sie haben ja doch wieder Vollmilch eingekauft!", meckerte Klara, indem sie die Kühlschranktür zuschlug.

„Das habe ich. Die schmeckt mir besser. Die kommt dem Geschmack der Milch unserer holländischen Kühe am nächsten", gab van Kerkhof gelassen zurück.

„H-Milch ist aber erstens günstiger und zweitens verträglicher. In unserem Alter darf man nicht mehr nur darauf achten, was schmeckt, sondern was einem bekommt."

„Ich vertrage Vollmilch gut, liebe Klara."

„Aber ich nicht, und das wissen Sie genau!"

Für einen Moment blieb es still in der Pfarrhausküche, bis Klara hinter sich hörte: „Wir sitzen bestimmt nicht hier, um über Milch zu streiten. Worum geht es wirklich?"

Klara fühlte die Hitze in ihr Gesicht steigen, und dem kleinen Kochtopf zugewandt sagte sie leise: „Ihre Hand würde verbrennen, wenn Sie sie für mich ins Feuer legen würden."

„Und was soll das nun wieder bedeuten?"

„Dann denken Sie mal nach!" Darauf bedacht, vor Aufregung nicht zu zittern, verteilte Klara die Milch in die Tassen. „Den Honig können Sie sich selber einrühren", sagte sie nun wieder recht forsch und setzte sich ihrem Chef gegenüber, wobei sie es jedoch nicht wagte, ihn anzusehen. Dennoch spürte sie, wie er seine Aufmerksamkeit fest auf sie richtete, bis er nach einer Weile den Kopf in die Hände sinken ließ und ausstieß: „Oh Klara!"

Aha, ihm war das Licht aufgegangen, folgerte Klara teils zufrieden, teils bange.

„Und was ist es, was Sie unterschlagen haben?", brachte er mit rauer Stimme hervor.

Klaras Unterkiefer bebte genauso wie die Hand, die in die Tasche des Steppmantels fuhr. „Das hier."

Gleich darauf lag das schwarze lederne Mäppchen zwischen ihnen, und der Schein der Glühbirne über dem Tisch ließ das raue Leder bräunlich schimmern.

„An Ihrer Stelle könnte ich auch keinen Schlaf finden", sagte van Kerkhof, und Klara spürte, dass Wut in ihm aufkam, berechtigte Wut, die sich gegen sie richtete.

„Zum Glück sind Sie ja nicht an meiner Stelle", erwiderte sie rasch. Sie verfolgte, wie ihr Chef nach der kleinen ausgebeulten Brieftasche griff und sie öffnete. Klara trieb es die Tränen in die Augen. Es kam ihr vor wie Verrat. Da lag dieser arme Junge in einem Kühlraum, womöglich in einer Gefrierschublade, und andere stöberten in seinen Dingen. Er musste aber noch mehr Persönliches mit sich getragen haben, schoss es Klara durch den Kopf.

„Ich würde gerne wissen, ob man bei ihm solch ein Handy mit einem Fotoapparat darin gefunden hat. Die jungen Leute sind doch überall unentwegt damit beschäftigt." Klara bemühte sich um eine feste Stimme und erhielt einen noch festeren Tonfall zurück.

„Wie gut, dass Sie keines gefunden haben. Das läge dann vermutlich auch hier auf dem Tisch", sagte van Kerkhof streng. „Klara, Sie bringen diese Brieftasche gleich morgen zur Polizei!"

„Ich?!"

„Wer denn sonst? Ich bestimmt nicht."

Klara schluckte. „Ich dachte, das könnte Frau Wischnewski mal für uns tun. Ich würde ihr sagen, jemand hätte sie hier abgegeben und uns gebeten ..."

„Nein!", wurde sie unterbrochen. „Ab sofort wird hier nicht mehr gelogen. Auch nicht geflunkert, wie Sie es nennen." Er blätterte durch den Stapel der Zettel im größten Fach der Brieftasche. „Haben Sie denn schon etwas gefunden, was wichtig sein könnte?"

Ein wenig beleidigt schaute Klara an ihm vorbei. „Das ist ja alles in Englisch. Nur dass er eine Verabredung mit jemandem in dem Restaurant hatte, in dem wir gestern Mittag waren, das konnte ich aus einem Zettelchen herauslesen."

„Ah ja, da wollten Sie dann gleich einmal Ihre privaten Ermittlungen aufnehmen, ohne mich aufzuklären."

„Das ging doch nicht, Herr Pfarrer, Sie wussten doch nichts von dem ... Ding da." Ihr Zeigefinger deutete auf den Grund ihrer Auseinandersetzung.

„Klara, ich warne Sie. Fordern Sie nicht die Möglichkeiten des Kommissars heraus. Wie oft hat er schon beide Augen für Sie zugedrückt."

„Er hätte mich gestern Morgen ja ruhig einmal ausreden lassen können. Aber nein, was ich zu sagen hatte, wollte er ja nicht hören. Sonst hätte er die Brieftasche sofort haben können."

Van Kerkhof kniff die Augen zusammen. „Sind Sie sich da sicher? Ich meine, glauben Sie all das, was Sie so denken?"

Klara schüttelte den Kopf. „Jetzt reden Sie aber wirr daher, Herr Pfarrer. Ich weiß, es ist schon spät. Aber eins müssen Sie wissen: Der Junge hatte das Mäppchen schon in der Halle verloren. Ich wollte es ihm später im Zug zurückgeben. Ehrenwort! Da, schauen Sie selbst, meine Finger sind nicht überkreuzt. Aber als der englische Colin dann tot war, habe ich gar nicht mehr daran gedacht. Na ja, wenigstens für kurze Zeit nicht."

Van Kerkhof lehnte sich zurück. Seine Miene gefror. „Schade", murmelte er vor sich hin. „Bisher haben wir immer an einem Strang gezogen. Hiermit haben Sie mich zum ersten Mal außerhalb gelassen."

„Außen vor, heißt das", korrigierte Klara, weil sie selbst in dieser Situation kein sprachliches Defizit ihres Chefs zulassen konnte.

Klara hielt den Blick gesenkt. Sie schämte sich entsetzlich und hoffte inbrünstig, dass ihr Pfarrer ihr auch weiterhin so vertraute wie in den vergangenen vierzig gemeinsamen Jahren. In Zukunft für einen misstrauischen Chef zu arbeiten, war schlichtweg unvorstellbar.

Klara sah ihm an, dass ihm plötzlich etwas anderes durch den Kopf ging.

„Sagen Sie, Klara, wozu brauchen Sie eigentlich die Telefonnummer von Arasch?"

Erneut wurde Klara heiß. „Er ... ich ..."

„Die Wahrheit, liebe Klara!" Van Kerkhof trommelte gegen seine Henkeltasse.

„Na, am Bahnhof, als Kommissar Hartwichs mit uns sprach, hat Arasch doch gesagt, er könne auch Englisch, so klang es jedenfalls für mich. Und als ich hinterher auf dem Bahnsteig in den Kasten mit den Fahrplänen geschaut habe, hat er sich auf dem Gleis hinter mir in der Scheibe gespiegelt. Er hatte ein Handy am Ohr, da dachte ich mir, ich könnte ihn vielleicht anrufen und fragen, ob er mir etwas übersetzen würde ... ja ja, ich weiß, ich sagte es schon ...", ging Klara auf van Kerkhofs erhobenen Zeigefinger ein, „und außerdem wollte ich mich auch bei ihm entschuldigen für mein Verhalten."

Van Kerkhof nickte müde, schielte dann nach dem Honigglas und ergriff einen der kleinen Plastiklöffel.

„Der rosa Löffel ist eigentlich meiner", konnte Klara sich nicht verkneifen. „Passend zu meiner Tasse. Ihrer ist hellblau."

„Der andere Löffel ist hellgrün", sagte van Kerkhof hörbar gereizt.

„Herr Pfarrer, Sie haben wohl noch nie gemerkt, dass jeder von uns zu unserer ... Tasse den passenden kleinen Löffel hat? Und Ihrer ist blau!"

„Zu unserer Freundschaftstasse", merkte van Kerkhof an. „Fragt sich nur, ob diese Bezeichnung künftig noch zutrifft."

„Hach", winkte Klara verschämt ab. Er hatte ihn natürlich längst bemerkt, den kleinen Stempel auf der Untertasse seines Henkelbechers, der ihr einst beim Kauf entgangen war: Freundschaftstasse. So oft schon hatte sie mit einem rauen Schwämmchen versucht, die Schrift unkenntlich zu machen. Es war ihr nicht gelungen, die Schrift hielt sich hartnäckig, und hätten die Tassen mit ihren roten und blauen Punkten Klara nicht so gut gefallen, sie hätte sie schon vor langer Zeit entsorgt.

Wie kindisch, sie waren keine Freunde, sie waren Pfarrer und Haushälterin. Aber ein gutes Ermittler-Duo, ja, das war eine berechtigte Bezeichnung. Und die stellte ihr Pfarrer nun wohl infrage. Nicht einmal nach den versprochenen Plätzchen verlangte ihm.

„So, so, Sie wollten meinen iranischen Freund Arasch also bitten, Ihnen den Inhalt aus der Brieftasche des Engländers zu übersetzen", nahm van Kerkhof noch einmal Klaras Geständnis auf. „Und warum er? Sie wissen doch, dass auch ich Englisch gelernt habe." Er sah Klara prüfend an, obgleich die Antwort schon klar auf dem Tisch lag. Doch er schien es noch einmal hören zu wollen, von ihr selbst.

Und so gab Klara schweren Herzens zu: „Weil Sie dann doch erfahren hätten, dass ich ein Beweisstück zurückbehalten habe. Sie hätten mir das nämlich bestimmt nicht erlaubt, obwohl wir beide wunderbar damit arbeiten könnten."

Van Kerkhof sah sie schweigend an, winkte dann mit dem schwarzen Mäppchen und fuhr mit seinem Stuhl zurück. Gleich darauf verließ er die Küche.

„Wo wollen Sie denn hin? Bitte, Herr Pfarrer, nehmen sie es mir noch nicht ab. Ich muss mir unbedingt noch ein paar Sachen abschreiben."

Klara lief ihm nach, durch den Hausflur und zur inneren Haustür, die in die kleine Diele vor seinem Büro führte. Ob er vorhatte, Kommissar Hartwichs anzurufen und sie zu verraten?

Als er mit dem Schlüssel im Schloss herumstocherte, meldete sich Klara zaghaft zu Wort: „Nehmen Sie wenigstens meine Brille, sonst fallen Sie noch über den Schirmständer. Da rennen Sie ja schon mit Brille gegen ..."

Wortlos nahm van Kerkhof Klaras Brille an und setzte sie auf. Sofort schmunzelte er: „Sie sehen aber komisch aus ohne ..."

Weiter ließ er sich nicht aufhalten und durchquerte sein Büro, um die nächste Tür aufzusperren: das Arbeitszimmer seiner Sekretärin.

Eine Welle der Erleichterung durchflutete Klara. „Ach, da danke ich Ihnen aber, Herr Pfarrer. Es ist eben doch das Beste, wenn Frau Wischnewski das Mäppchen bei der Polizèi abgibt! Ich wusste, dass Sie mich da nicht hinschicken würden. Wer weiß, wie der Kommissar ..."

„Von wegen, liebe Klara, das machen Sie mal schön selbst." Ohne sie weiter zu beachten, entleerte er den gesamten Inhalt der Brieftasche auf den kleinen hellen Schreibtisch. Dann entfaltete er in Windeseile jeden einzelnen Schnipsel.

Klara schlug die Hände vor den Mund, und während sie aufgeregt von einem Puschen auf den anderen trippelte, verfolgte sie, wie ihr Chef kleine Stapel arrangierte, so schnell, dass sie sich nur noch wundern konnte.

Er musste auf einen Blick erfassen, worum es da ging und was für ihre Ermittlungen von Bedeutung war. „Sie sind aber gut in Englisch, Herr Pfarrer", stellte sie begeistert fest.

„Langsam, Klara, noch habe ich kein einziges Wort gelesen. Ich sortiere alles der Größe nach, damit es sich besser auf dem Kopierer anordnen lässt."

Klara holte tief Luft. „Unsere Fotokopiermaschine! Auf die Idee wäre ich nie gekommen! Ach, Herr Pfarrer, wie gut Sie manchmal mitdenken können ..."

„Sie hätten sich mal besser früher an mich gewandt, nicht wahr, liebe Klara?"

Diese war zu nichts weiter fähig, als zu nicken und weiter vor sich hin zu trippeln.

Im nächsten Moment miaute es kläglich zu ihren Füßen. Umgehend nahm Klara den jungen Kater auf ihre Arme. Nachdem sie ihn herzhaft zwischen die Spitzöhrchen geküsst hatte, flötete sie: „Da freuen wir uns aber, was, mein kleiner Schnurriwilli? Papa wird alles für uns kopieren und auf Deutsch dazuschreiben, um was es geht." Dann wandte sie sich zum Gehen, nicht ohne ihrem Chef weitere Anweisungen dazulassen. „Falls Sie länger damit zu tun haben, sollten Sie sich besser mal kämmen. Nicht, dass Frau Wischnewski Sie morgen früh so verstrubbelt hier sieht ... es reicht schon, dass Sie hier im Schlafanzug sitzen."

„Gute Nacht, Klara", hörte sie seine brummende Stimme im Rücken. „Gehen Sie mal in Ihr Bett und, wie nennen Sie es: Schlafen Sie am besten schon vor. Denn Sie werden noch genug schlaflose Nächte haben. Ich bin nämlich fest davon überzeugt, dass Ihr Gewissen Sie noch öfter wachhalten wird."

Da, er glaubte ihr nicht mehr! Aber das Bisschen, was sie zu diesem Mordfall beziehungsweise zu dem jungen Engländer mit der Drehorgel noch zu beichten hätte, bezog sich mehr auf Peinliches als auf ihren Ermittlerinstinkt. Und es wäre wirklich besser, wenn ihrem Herrn Pfarrer das niemals zu Ohren käme.

7.

Klara drückte den hölzernen Klappladen vor ihrem Schlafstubenfenster auseinander. Es war ein Morgen wie aus dem Bilderbuch. Der Himmel war wolkenlos, und dort, wo die Sonne aufgehen würde, zartgelb gefärbt. Die Luft, die ihr entgegenströmte, war klar und längst nicht mehr so kühl wie in den vergangenen Tagen. Sofort fielen ihr die Ereignisse der Nacht ein. Ob ihr Pfarrer Wort gehalten und den Inhalt des Mäppchens übersetzt hatte? Ganz bestimmt; wenn er etwas ankündigte, erledigte er es auch.

„Morgenglanz der Ewigkeit!", stimmte Klara ihr Freudenlied an, brach jedoch unverzüglich ihren Gesang ab, weil es doch noch recht früh war, nicht nur für das Pfarrhaus, sondern auch für die Nachbarschaft.

Etwas kitzelte an ihrer Wade: Ach ja, sie hatte den kleinen Willi mit nach oben genommen, damit ihr Chef ungestört arbeiten konnte. Es würde sie brennend interessieren, ob auch er noch ein wenig Schlaf bekommen hatte. Nachdem sie zwei Kater-Pfützen mit Papiertüchern vom Boden aufgewischt hatte, drückte sie ihr Ohr gegen die vergilbte Tapete. Nichts war zu hören. Am besten versuchte sie es vom Flur aus, an seiner Tür. Falls er nämlich immer noch unten in seinem Büro saß, wollte sie ihm nicht erneut im Schlafanzug begegnen. Wiederum hatte ihre Neugierde es nicht zugelassen, sich vorher anzukleiden.

Gleich darauf lehnte sie mit der Schulter an seiner Tür und presste das Ohr fest gegen das alte Holz. Da, im Innern hatte sich etwas geregt. Demnach hatte er sich nicht die ganze Nacht um die Ohren schlagen müssen, folgerte Klara beruhigt, denn ein übernächtigter Pfarrer war sehr anstrengend, brummig und wortkarg.

Im nächsten Moment öffnete sich die Tür. Klara torkelte einen Schritt ins Zimmer hinein und fluchte innerlich: Dass ihr das aber auch immer wieder passieren musste!

„Ach, Herr Pfarrer, guten Morgen. Das war aber gerade wieder ein Zufall, was?", keuchte sie. Ihr entging nicht die zerknüllte Bett-

63

wäsche, die am Fußende auf dem Boden lag. Er musste den Kranz auf seinem Federbett entdeckt haben, den der Kater hinterlassen und den sie nicht beseitigt hatte. Auch gelang es Klara, einen Blick auf sein Bett zu erhaschen. Die Decke war neu bezogen. Er war demnach noch in der Nacht drüben in der Rumpelkammer gewesen, hatte dort im Schrank nach Wäsche gesucht, weil sämtliche Bezüge in Klaras großem Kirschbaumschrank in ihrer Schlafstube untergebracht waren.

So hatte er sich zugedeckt mit dem nie benutzten Exemplar, das Klaras ehemalige Kolleginnen ihr vor vielen Jahren beim Treffen der Pfarrhaushälterinnen geschenkt hatten, weil dieser Termin zufällig auf ihren Geburtstag gefallen war. Klara hatte ihrem Chef diese alberne Bettwäsche nie gezeigt, hatte seit jeher vorgehabt, sie der Altkleidersammlung zukommen zu lassen und es immer wieder vergessen: Der gesamte Stoff war übersät mit gelben Küken, die aus ihren Eierschalen lugten – weil Klara die jüngste unter den Haushälterinnen war, das Küken in der Runde, wie die anderen das Geschenk begründeten. Doch ging Klara davon aus, dass ihr Pfarrer den Aufdruck in seiner Müdigkeit und seinem mangelnden Sinn für Dekoration gar nicht bemerkt hatte. Sie würde nachher ganz unauffällig den Bezug wechseln und aus dem Kükenstoff Lappen für den kleinen Willi ausschneiden.

Das Haushälterinnen-Treffen! Sie musste unbedingt in ihrem Kalender nachschauen, denn das nächste Treffen musste kurz bevorstehen. Es sollte doch wohl nicht ohne sie stattgefunden haben? Andererseits war bisher noch kein Anmeldeformular eingetroffen ...

„Guten Morgen, Klara, Sie stehen ja da wie festgewurzelt. Wollten Sie mich gerade aufwecken?", fragte van Kerkhof, und seine Augen ruhten fragend auf ihrem Gesicht.

„Das heißt angewurzelt. Und eigentlich wollte ich Ihr Bett beziehen, weil Willi doch gestern ..."

„Hatten wir nicht eine Abmachung getroffen?", fragte der Pfarrer mit derselben Strenge wie in der vergangenen Nacht. „Kein

Flunkern mehr, liebe Klara, das hatten wir uns doch vorgenommen, nicht wahr?"

Klara senkte den Blick, um ihn sogleich wieder selbstsicher zu heben. „Das haben Sie sich aber gut gemerkt, Herr Pfarrer. Und natürlich wollte ich, bevor ich Ihr Bett beziehe, erst mal hören, ob Sie noch da drinnen schnarchen."

„Na sehen Sie, die Wahrheit kann schonungslos sein, aber sie gibt den rechten Aufschluss. – Wollen Sie zuerst ins Bad oder soll ich?"

„Ach bitte, ich würde gerne als Erste. Ich bin doch so gespannt auf Ihre Übersetzungen. Und Sie kennen das ja nun schon alles, da sind Sie im Moment ja im Vorteil."

Van Kerkhof nickte müde. „Die Kopien liegen auf dem Wohnzimmertisch. Das Mäppchen habe ich in meinem Schreibtisch eingeschlossen, falls Sie es suchen sollten."

Klara klatschte in die Hände. „Das haben Sie ausnahmsweise mal gut gemacht! Frau Wischnewski ist so neugierig, die würde glatt ihre gepuderte Nase da hineinstecken, obwohl sie das nun wirklich gar nichts angeht."

Das vertraute Seufzen nahm Klara noch wahr, dann drehte sie auch schon den Schlüssel der Badezimmertür von innen um.

Zehn Minuten später begegneten sie sich auf der Treppe. Van Kerkhof, auf dem Weg nach oben und noch immer im Schlafanzug, teilte mit: „Ich habe uns schon den Frühstückstisch gedeckt. Dann gehe ich jetzt ins Bad und Sie passen auf der mittleren Treppenstufe auf, die klingt recht morsch, da sollte ich mich in der Tat bald um eine Reparatur kümmern." Als er sich an Klara an der Wand entlang vorbeischob, erhielt er einen so warmherzigen Blick wie lange nicht mehr.

„Wen interessieren denn die Treppenstufen", sagte Klara, „da gibt es doch Wichtigeres! Ich habe Ihnen das hellblaue Hemd rausgehängt, Herr Pfarrer, so blau wie der Morgenhimmel."

Sie war ihrem Chef dankbar für seinen nächtlichen Einsatz, nicht zuletzt auch für die zurückgekehrte Freundlichkeit ihr gegenüber.

In den Unterlagen, die auch sie jetzt lesen konnte, würde sich bestimmt eine Tür für sie auftun, durch die man etwas für den armen toten Jungen tun konnte. Ein Mörder lief ungestraft herum, da musste die Vergeltung siegen, das nahm Klara sich ganz fest vor.

Auf direktem Weg eilte sie ins Wohnzimmer. Dort, auf dem niedrigen Sofatisch, hatte der Pfarrer mehrere DIN-A4-Seiten für sie ausgebreitet. Jeweils links die Kopie eines handschriftlichen Zettels, rechts daneben die Übersetzung, was nicht sehr viel an Text war, denn all die Quittungen und Einkaufsbons hatte er lediglich abgelichtet. Dafür waren jedoch die kurzen Zeitungsartikel mit dem Foto des Jungen sowohl kopiert als auch übersetzt.

Als sie das unbekümmerte, von Locken umrahmte Gesicht des Engländers betrachtete, wurden ihre Knie weich. Es war wie ein Albtraum: Diesen lebensfrohen jungen Mann hatte jemand mit vorsätzlicher Brutalität ermordet!

Später, du armer Colin, dann kümmere ich mich um dich ...

Die Hand auf die Herzgegend gedrückt, floh Klara durch den Hausflur in die Küche. Ihr Chef hatte den Tisch gedeckt und trotz eines Wochentages den Toaster aufgestellt. Normalerweise hätte Klara ihn mitsamt dem Körbchen voller Weißbrotscheiben umgehend fortgeräumt und durch das Päckchen mit den Vollkornschnitten ersetzt, doch jetzt war ihr wie offenbar auch ihm danach, die Schwermut gegen eine Aussicht auf Genuss zu tauschen. Auch der Kaffeeduft regte Klaras Appetit an, selbst wenn ihr unbeholfener Pfarrer wieder nicht die richtige Menge Pulver in den Filter gefüllt haben mochte.

Bis ihr Chef in der Küche erschien, saß Klara still auf ihrem Stuhl und betete für die Seele des armen Colin. Seinen Vornamen konnte sie sich gut merken, brauchte sie doch nur an die alten Fernsehfilme mit *Lassie* zu denken, dem intelligenten, liebenswerten Collie. Hingegen bestand Colins Nachname für sie aus einem Zungenbrecher, aus sinnlos aneinandergereihten Buchstaben. Doch wenn der Herr Pfarrer ihn ihr einmal genannt hatte, würde sie sich auch dafür eine Eselsbrücke bauen.

Sobald Klara die Treppe knarren hörte, drückte sie den Hebel des Toasters. „Die Zeitung!", fiel ihr ein und sie war schon im Begriff, noch einmal aufzustehen. Van Kerkhof bedeutete ihr mit der Hand, sitzen zu bleiben. „Die habe ich schon reingeholt. Lassen Sie uns erst einmal frühstücken."

„Dann steht wohl schon etwas darin?", fragte Klara seltsam bange.

„Später, liebe Klara, essen Sie etwas." Er sprach derart langsam und deutlich, dass für Klara augenblicklich eine Bedrohung in der Luft hing. So entschied sie sich, seinen Rat zu befolgen, denn sie kannte ihren empfindlichen Magen, der sich nach einer überraschenden Information von jetzt auf gleich für die Nahrung verschließen konnte. Es war ein Alarmsignal, dass der Herr Pfarrer es, obwohl sie ein Beweisstück unterschlagen hatte, gut mit ihr meinte, und so schluckte Klara sicherheitshalber ihr Magensalz schon im Voraus.

Der Toast schmeckte wie Pappe, Klara vermochte ihn kaum zu kauen. Sie aßen und tranken schweigend und ohne sich anzusehen, bis van Kerkhof schließlich fragte: „Wollen Sie selbst in die Zeitung schauen? Oder soll ich Ihnen vorlesen?"

„Besser nur erzählen", entschied Klara mit rumorendem Magen. Dann durchfuhr es sie wie ein Blitzschlag. „Haben die etwa den Mörder schon gefangen?"

Van Kerkhof schüttelte zaghaft den Kopf. „Im Gegenteil, Klara, sie kennen nicht einmal den Namen des Toten. Es befanden sich keinerlei Papiere beim Opfer, die Aufschluss über seine Person gaben, wie sie schreiben. Es gibt ein Foto, recht undeutlich. Sie haben ihm darauf die Augen geschlossen, und die Leser werden gefragt, ob jemand den jungen Mann kennt oder etwas über ihn aussagen kann. Sie wissen nicht einmal, dass er ein Engländer ist. – Sie, Klara, haben die Ermittlungen der Polizei ernsthaft blockiert. Allein der Zeitungsartikel im Mäppchen hätte ihr viel Arbeit erspart ... und wertvolle Zeit für die Aufklärung." Van Kerkhof senkte den Blick und beschäftigte sich mit den Krümeln auf seinem Frühstücksbrett.

„Keine Papiere?", wisperte Klara, „kein Telefon?"

„Weder einen Ausweis noch ein Smartphone noch ein Porte-monnaie. Sie tippen auf Raubmord. Vielleicht war es einer, viel-leicht nicht, wie auch immer, die Mordkommission braucht das Mäppchen, Klara." Seine Stimme war so belegt, dass Klara sich die Folgen für sie selbst im Moment nicht ausmalen wollte.

„Es werden Hinweise eingehen", murmelte sie heiser. „Viele haben ihn hier in Limburg gesehen. Aber ob jemand mehr über ihn weiß ..."

Interessiert horchte van Kerkhof auf. „Was meinen Sie damit?"

„Na, er hat wohl öfters in der Innenstadt gestanden und mit sei-nem Leierkasten für die Leute gespielt. Ich habe ihn auch einmal spielen sehen, vor seinen Füßen stand eine kleine Geldschale." Mit dem Rücken ihres Messers stampfte Klara auf den Tisch. „So einen armen Kerl ermordet doch keiner aus Habgier, da ist doch gar nichts zu holen!" Klara stand so erbost auf, dass ihr Stuhl um-kippte. In ihr tobten Wut und Angst, und im Augenblick wusste sie nicht, wohin sie laufen sollte.

Der junge Kater huschte in sein Körbchen unter der Wanduhr und rollte sich eingeschüchtert zusammen.

„Ah ja, daher kannten Sie ihn also", murmelte van Kerkhof für sich, „wahrscheinlich haben Sie sogar mit ihm gesprochen." Mit festerer Stimme fügte er hinzu: „Nun, Klara, ich denke, wir müs-sen uns auf den Weg machen."

„Ermittlungen behindert ... Mordkommission braucht das Mäpp-chen ..." Diese Worte folgten ihr durch den Hausflur bis hinaus in den Vorgarten, wo sie langsam ein und aus atmete, um ihrem be-nebelten Gehirn frische Luft zuzuführen. Während sie hinauf in das Geäst der alten Linde blickte, suchten Tränen sich den Weg durch die Furchen in ihrem Gesicht. Sie fragte sich, ob ihr Chef sie ernst-haft der Polizei als Straftäterin ausliefern wollte.

Als sie etwas später wieder mit rot verquollenen Augen in der Küche erschien, verkündete sie ohne Umschweife: „Entweder haben Sie heute Abend eine lebende oder eine tote Haushälterin!

Mein altes Herz ist zu schwach, das hält keinen Gang zur Polizei mehr aus, nicht, wenn es um mich selbst geht. Sie wissen, was für schlimme Folgen das für mich hätte. Und für Sie. Wenn Sie mit mir dahin fahren, zur Polizei, meine ich, dann können Sie mich schon vorher beim *Medizinischen Versorgungszentrum* abgeben, das ist ja gleich daneben."

Van Kerkhof nickte vor sich hin. „Machen Sie einen Vorschlag, Klara."

Hatte er das ernst gemeint? Oder genoss er ihre Pein?

Klara nahm all ihren Mut zusammen. „Ich schlage vor, wir werfen das Mäppchen beim Ordnungsamt am Bahnhof ein, da ist ja auch das Fundbüro, und schreiben nur darauf: *Gefunden in der Bahnhofshalle.* – Das ist ja nicht mal gelogen, Herr Pfarrer."

Van Kerkhof klopfte drei Mal auf das Tischtuch und sagte seelenruhig: „Da fahren wir hin. Wir machen es nur ein klein wenig anders. Ich muss noch kurz telefonieren." Er erhob sich, um in sein Büro zu gehen. Dort würde er jetzt auch seinen Schreibtisch aufschließen, um das Mäppchen zu holen.

Klara wusste nicht, wohin mit ihrer Erleichterung. Sie drehte sich um sich selbst, schickte ihrem Chef einen dankbaren Blick aus zahllosen Augenfältchen hinterher und beschloss: „Dann kaufen wir auf dem Heimweg auch gleich noch etwas ein. Eingelegte Heringe für heute Mittag, die essen Sie doch so gern, Herr Pfarrer. Und vor allem H-Milch!"

Die Fahrt zur Limburger Innenstadt verlief schweigend, bis auf eine Bemerkung der erlösten Klara. „Sie werden sehen, Herr Pfarrer, gute Absichten werden mit guten Ergebnissen belohnt."

Sie wartete darauf, dass ihr Chef nachhakte, was genau sie damit meinte, doch er schwieg sich aus. Er fühlte sich äußerst unwohl in seiner Haut, das entging Klara nicht.

Einen Parkplatz brauchten sie nicht zu suchen, der junge Iraner Arasch stand schon beim Bahnhof am Straßenrand und nahm das schwarze Mäppchen entgegen. „Ich verlasse mich auf Sie, lieber

Freund", sagte van Kerkhof durchs Fahrerfenster, „werfen Sie das dort an dem Gebäude einfach in den Briefkasten. Und dann gehen Sie auf den Bahnsteig, dort ist ein öffentliches Telefon, und rufen diese Nummer an. Sagen Sie, Sie hätten etwas in den Briefkasten vom Ordnungsamt geworfen, für das Fundbüro. Vielleicht sei es wichtig. Kein Name, nichts weiter. Meine Haushälterin wird Sie zum Dank reich bekochen, nicht wahr, liebe Klara?"

„Ja ja, oh ja", stotterte Klara, „ich koche für Sie und den Herrn Pfarrer mal Reisbrei mit Zucker und Zimt."

Und Arasch bestätigte im selben Moment: „Alles verstanden, Pfarrer."

„Das haben Sie aber schlau eingefädelt, Herr Pfarrer", sagte Klara beim Davonfahren. „Stimmt ja, die Polizei muss es ganz schnell bekommen. Und wenn die hier im Amt vielleicht morgen erst den Briefkasten leeren, ist wieder ein Tag verloren gegangen. Und wie gut, dass er das Mäppchen nicht im Haus abgibt. Es darf ja kein Verdacht auf Ihren Mus... Freund fallen ..."

„Würden Sie jetzt bitte schweigen, Klara?", bat van Kerkhof, dem eine solche Handlung äußerst zuwider war, das konnte Klara seinem zusammengefallenen Gesicht deutlich ansehen. So presste sie fest die Lippen gegeneinander und war für drei Minuten still, bis sie von den verkehrsstarken Straßen in ein ruhigeres Gebiet abfahren konnten.

„Darf ich jetzt wieder was sagen?", fragte Klara mit angehobenem Zeigefinger.

Van Kerkhof seufzte. „Ja, von mir aus. Aber zwingen Sie mich nie wieder, so etwas für Sie zu tun."

„Also, ich habe Sie doch nicht gezwungen, Herr Pfarrer, jetzt machen Sie aber mal einen Punkt! Das war Ihre eigene Idee. Ich würde Sie nie zu etwas zwingen, das hab ich in all den vierzig Jahren nicht getan!"

„Sie wissen genau, was ich meine, Klara. Ich spreche von Ihren Alleingängen, ohne dass Sie vorher über die Konsequenzen nachdenken."

„Hm", machte Klara neben ihm und schaute beleidigt aus dem Fenster, wobei sie den Verschluss ihrer Handtasche ohne Unterlass auf und zu schnappen ließ. „Ich wollte Ihnen eigentlich gerade einen sehr guten Vorschlag machen, aber bitte, wenn Sie keinen Wert mehr auf mich legen ..."

„Sprechen Sie, Klara, für wirklich gute Vorschläge bin ich noch immer offen gewesen."

„Na gut. Ich würde heute Mittag früher kochen, Pellkartoffeln und Heringe, damit Sie doch noch Ihren Mittagsschlaf halten können. Um zwei Uhr haben Sie ja schon Ihren Termin."

Van Kerkhof schlug sich gegen die Stirn. „Das Trauergespräch! Ich hätte es glatt vergessen. Und Sie waren wieder an meinem Terminkalender?"

„Sie sehen doch selbst, dass das sein muss! Meine Alleingänge haben schon ihren Grund, Herr Pfarrer! Und da Sie mich ja zu solchen Gesprächen nicht mehr mitnehmen wollen, kümmere ich mich in der Zeit um Ihre Übersetzungen aus dem Mäppchen vom toten Colin. Da mache ich mir dann einen Plan, wo ich mit meinen Ermittlungen ansetze."

„Wo Sie ansetzen? Bin ich künftig von den privaten Nachforschungen ausgeschlossen, Klara?" Van Kerkhof warf seiner Haushälterin einen amüsierten Seitenblick zu.

„Das liegt an Ihnen, Herr Pfarrer! Wenn ich Ihnen nicht zu kriminell bin, könnte ich mir eine weitere Zusammenarbeit gut vorstellen. Weil – ein bisschen hintenherum muss man als privater Ermittler schon sein. Bevor der Tag kommt, an dem Kommissar Hartwichs erkennt, was wir wirklich für ihn wert sind, bis dahin sind wir längst gestorben und begraben."

Van Kerkhof musste lachen. „Dann sollten wir uns jetzt wünschen, dass unser Freund, der Kommissar, noch viele Jahre unseren wahren Wert verkennt, nicht wahr?"

„Das habe ich jetzt aber nicht verstanden, Herr Pfarrer", schüttelte Klara den Kopf mitsamt dem üppigen Doppelkinn.

8.

Am nächsten Morgen fegte ein scharfer, feuchter Wind über das kleine Pfarrhaus hinweg und durch die Äste der alten Linde. Schon am späten Vorabend hatte Klara gemerkt, dass sich das Wetter drehte.

„Das wäre ja auch zu schön gewesen. Zwei sonnige Frühlingstage – und jetzt wird es schon wieder nass draußen", grummelte Klara. Das kam ihr gar nicht entgegen, zumal sie vorhatte, heute mit dem Bus in die Stadt zu fahren, um ein paar Hinweisen aus den übersetzten und kopierten Zetteln nachzugehen. Geplant waren Besuche in verschiedenen Kaufhäusern, von denen ihr Quittungen von Einkäufen des bedauernswerten Drehorgelspielers vorlagen.

Ihr Pfarrer hatte Recht behalten: Wieder hatte ihr Gewissen ihr viel vom nächtlichen Schlaf geraubt. Unentwegt hatte sie sich gefragt, ob dieses Mäppchen schon der Polizei vorlag. Nur würde sie leider keine Antwort erhalten, denn das Letzte, was der Polizeiinspektion in den Sinn kam, war das Bedürfnis, den Fund in der Öffentlichkeit bekannt zu machen.

Hingegen konnte sie auf einen Zeitungsartikel hoffen. Soweit sie wusste, nahm die lokale Redaktion auch abends noch wichtige Informationen in die am nächsten Morgen erscheinende Ausgabe auf. Für den Fall musste jedoch das Ordnungsamt schnell geschaltet und das Mäppchen mit den Papieren der Polizei übergeben haben ... Dann könnte man in der Zeitung von heute bekannt geben, dass es sich bei dem Mordopfer um einen Engländer handelte. Auch seine Familie würde dann wohl erfahren, dass ihr Junge nie mehr lebend heimkehren würde.

Du sollst nicht töten!, das fünfte Gebot. Warum konnte sich die Menschheit daran nicht halten? Es war doch nicht schwer, seinen Mitmenschen das geschenkte Leben zu gönnen, es reichte doch schon, dass man andere beraubte und beneidete und ihnen Materielles missgönnte.

Klara war sich schon bewusst, dass auch sie ein Gebot missachtet hatte, das siebte nämlich. Aber hatte sie wirklich gestohlen? Sie hatte doch nur etwas bei sich behalten, das Gerechtigkeit schaffen sollte und das sie vorhatte, auf jeden Fall später abzugeben ...

Als Klara sich nun den habgierigen Mörder vorstellte, der vielleicht wegen ein paar Euros ein anderes Leben ausgelöscht hatte, konnte sie sich für einen Moment vorstellen, selbst auch das fünfte Gebot zu missachten: Sie hatte das Bedürfnis, diesen Lump mit ihren Stricknadeln zu durchbohren!

Unter den Übersetzungen des Pfarrers befanden sich ein paar Dinge, die etwas Aufschluss über Colins Zeit in Limburg gaben. Dem Datum der Quittungskopien nach hielt er sich seit etwa drei Wochen in der Stadt auf, vorher musste er in Koblenz und Frankfurt gewesen sein.

Er war durchs Land gereist, hatte, wie es aussah, vor zwei Monaten damit angefangen. Aber nach Koblenz hatte er vorgestern wieder fahren wollen ... Daraus ließ sich momentan noch nichts schließen.

In der Tageszeitung fand sie heute leider doch nichts über den Mord am Bahnhof. Dafür stand ihre Handtasche bereits fertig gepackt für den Nachmittag da. Vielleicht würde sich jemand vom Verkaufspersonal an das Gesicht auf dem kopierten Zeitungsartikel erinnern und hatte sogar mit ihm gesprochen ...

Doch zuvor wollte sie den Kater noch eine Weile im Haus herumscheuchen, damit er müde war, wenn sie mit dem Bus in die Stadt fuhr. Der kleine Willi blieb nämlich alleine im Haus zurück, da ihr Pfarrer gleich zur Schule aufbrechen würde, wo er wöchentlich einige Religionsstunden hielt.

„Na komm, mein Kleiner, hol das Bällchen ein! Und jetzt üben wir Treppensteigen. Rauf mit dir! – Und wieder nach unten. Fein machst du das!"

Es klingelte. Einmal kurz, zweimal kurz, Pause, dann noch einmal lang. Wer kündigte sich da so verschworen an?

„Herr Pfarrer? Erwarten Sie jemanden?", rief Klara Richtung Wohnzimmer, wo van Kerkhof nach seiner Mittagsruhe auf dem Sofa saß und sein Schläfchen nachwirken ließ.

„Nein", rief er mit vollem Mund zurück; er musste gerade dabei sein, sich die restlichen Erdnüsse vom Vorabend einzuverleiben, mutmaßte Klara. Schrecklich, die Naschsucht und Bequemlichkeit dieses Mannes, dachte sie, während sie durch den Flur zur Haustür eilte. Der Mann rostete ein.

„Ihnen würde es auch nicht schaden, mit unserem Katerchen durchs Haus zu turnen!", rief sie ihm zu, bevor sie durch die Flurtür in die kleine Diele trat und die Haustür öffnete.

Sie erschrak, als sie Kommissar Hartwichs gegenüberstand. Hastig strich sie sich die verschwitzten Strähnen aus der Stirn.

„Guten Tag, Frau Schrupp. Ich störe wohl? Sie wirken so ... überhitzt. Sie sind wohl fleißig am Arbeiten?", fragte er mit jenem seltsamen Blick, den Klara noch nie einordnen konnte. Gleich würde er loswettern, sie beschuldigen und mit Vorwürfen überhäufen.

„Ich habe nur ... unseren Willi etwas durchs Haus gejagt ... muss ihn ja irgendwie müde kriegen."

Der Kommissar machte große Augen. „Oh, hat unser Herr Pfarrer so viel überschüssiges Temperament?", fragte er ungläubig.

Die Frage irritierte Klara, bis ihr aufging: „Willi ist unser junger Kater. Der Herr Pfarrer heißt Willem, das sollten Sie eigentlich wissen, Herr Kommissar."

Sie hatte streng geklungen, das war ihr bewusst. So lange es ging, die Überhand bewahren, beschloss Klara, das Gewitter stand ohne Zweifel kurz bevor.

„Natürlich, Willem van Kerkhof, so heißt er. Ist er zu sprechen? Eigentlich hätte ich gern Sie beide gesprochen."

„Das kann ich mir denken", rutschte es Klara heraus und sie war froh, als ihr Pfarrer aus der guten Stube rief: „Kommen Sie rein, Herr Kommissar!"

In Windeseile hatte Klara neben ihrem Chef auf dem Sofa Platz genommen, sodass Hartwichs den Sessel gegenüber nehmen musste.

„Ich komme gleich zur Sache", sagte der Kommissar. „Man hat uns über das Fundbüro anonym eine Brieftasche des Mordopfers zukommen lassen. Nichts von großer Bedeutung, aber immerhin wissen wir jetzt, dass der Tote ein Engländer war. Und ein entschiedener Gegner des *Brexit*, das besagen ein paar Zeitungsinterviews. Die Behörden in England sind informiert, ebenso die Familie des Opfers.

Mehr will ich dazu noch nicht sagen. Wir arbeiten jetzt mit den englischen Kollegen zusammen an diesem Fall. Bis wir allerdings so weit sind, dass wir gezielten Verdachtsmomenten nachkommen können, wenn überhaupt, wird wohl noch eine Weile vergehen. Aber man sollte auch Kleinigkeiten beachten, und dafür braucht es ein besonderes Gefühl fürs Detail. Deshalb dachte ich mir, Sie, liebe Frau Schrupp, die Sie ja selbst am Tatort waren, wie soll ich es sagen ..."

„Sagen Sie es doch einfach", ermunterte Klara ihn, der längst ein Stein vom Herzen gefallen war, weil sich hinter all dem kein Vorwurf verbarg.

„Nun, Sie haben uns ja in der Vergangenheit mehrfach bewiesen, dass Sie mitdenken können und sich auch ... ein wenig in ein Opfer oder einen Täter hineinversetzen können. Deshalb würde ich Ihnen gerne etwas geben und Sie bitten, sich damit zu befassen und ein paar Dingen gegebenenfalls auf den Grund zu gehen. Natürlich sind auch meine Mitarbeiter damit beschäftigt, nur haben die so viel anderes zu tun, was Vorrang hat." Er griff in seine Seitentasche und holte ein kleines Bündel von Papieren heraus. „Hier, das stammt aus dem Inhalt der Brieftasche aus dem Fundbüro. Ich habe es für Sie kopieren lassen."

Klara nahm die Papiere über den Tisch entgegen und warf einen Blick darauf.

„Ha, das hab ich schon ..."

Van Kerkhof neben ihr bekam einen so heftigen Hustenanfall, dass der Kommissar aufsprang und ihm beängstigend fest den Rücken klopfte.

„Hauen Sie doch den armen Mann nicht kaputt!", mischte sich Klara ein. „Er hat einfach kein Talent, Erdnüsse zu zerbeißen. Ist etwas zu gierig, der Herr Pfarrer, nicht wahr?", zwinkerte sie ihrem Chef zu und erhielt einen Blick von ihm zurück, dessen warnende Intensität mehr als Worte sagte.

Klara straffte die Schultern und blickte dem Kommissar selbstbewusst in die Augen. „Was ich sagen wollte: Das hab ich schon geahnt, dass Sie doch noch auf mich zukommen. Der Mord an dem armen Colin muss doch unbedingt aufgeklärt werden."

Erneut hüstelte van Kerkhof, schlug sich diesmal dabei kopfschüttelnd auf die Knie.

Kommissar Hartwichs hatte aufgehorcht. Jetzt betrachtete er Klara mit Schlitzaugen und Klara dankte dem Himmel für ihre schnelle Reaktionsgabe.

„Ja, Sie haben richtig gehört, Herr Hartwichs, ich kenne den Vornamen des Toten. Wenn Sie mich vorgestern Morgen am Bahnhof einmal hätten ausreden lassen, hätten Sie nämlich erfahren, dass ein junger Engländer namens Colin in der Innenstadt mit seinem Leierkasten für die Fußgänger Musik macht."

Der Kommissar nickte verstehend, senkte dann den Kopf. „Dann entschuldige ich mich bei Ihnen, Frau Schrupp, das konnte ich nicht ahnen. Aber ich denke ..."

„Oh, das geht mich gar nichts an, was Sie denken, Herr Kommissar. Hauptsache, Sie trauen mir etwas zu."

„Deshalb bin ich hier. Ein paar Hinweisen aus den Papieren des Opfers sind wir schon nachgegangen. Heute Mittag waren wir in einem Restaurant, in dem er sich laut seinen Notizen mit jemandem verabredet hatte. Wie eigenartig, dass man uns dort sagte, es habe sich schon ein ... älteres Paar nach dem Toten erkundigt, das aber kein richtiges Paar gewesen sein konnte, weil es sich gesiezt hat. Auch ein Foto habe es vorgezeigt. Seltsam, äußerst seltsam, was meinen Sie?" Wieder diese Schlitzaugen, Klara überkam die Wut.

„Es wird viele geben, die in der Stadt ein Foto von dem jungen Mann gemacht haben. Schließlich stand er da mit seinem Leierkasten und war schon eine Attraktion. Dann suchen Sie mal nach dem Paar, wenn Sie so viel Zeit haben. Ich kümmere mich in der Zeit um diese Papiere von Ihnen. Jetzt fahre ich gleich nach Limburg rein. Ich hatte mir ohnehin vorgenommen, in verschiedenen Kaufhäusern ..."

Van Kerkhof zog die Aufmerksamkeit auf sich, indem er rasch aufstand und Hartwichs die Hand entgegenstreckte. „Und ich muss mich verabschieden, ich habe noch etwas vorzubereiten für meine Schulkinder. Wenn Sie also so viel Vertrauen in meine Haushälterin haben, bedanke ich mich bei Ihnen. Ich traue ihr auch einiges zu. Und ich werde sie bei ihren Aufgaben natürlich unterstützen."

In der Ecke stand Klara und nickte den Worten ihres Pfarrers mit siegessicherem Grinsen nach.

Noch einmal wandte Hartwichs sich an den Pfarrer. „Wenn ich Sie um noch etwas bitten dürfte? Könnten Sie am kommenden Sonntag in Ihrer Predigt auch auf den Mord am Bahnhof eingehen? Auf unser Opfer und das Töten überhaupt? Ich würde Ihren Gottesdienst gern mit zwei englischen Kollegen besuchen, die morgen hier eintreffen werden. Und da wäre es wichtig, wenn sie sehen, dass auch wir hier in Limburg um ihren Staatsbürger trauern und den schlimmen Vorfall nicht einfach so hinnehmen. Sie verstehen?"

Van Kerkhof rieb sich das Kinn, bevor er entschied: „Wissen Sie was, das halte ich für einen guten Gedanken."

„Sehen Sie? Habe ich das nicht auch gesagt?", konnte Klara sich nicht mehr zurückhalten. „Aber wenn ich so etwas vorschlage, dann geben Sie ja nichts darauf! Da muss erst der Kommissar kommen, bevor Sie einsichtig sind."

Beschwichtigend wandte Kommissar Hartwichs sich Klara zu. „Und bei Ihnen bedanke ich mich schon im Voraus, liebe Frau Schrupp. Wenn Sie etwas in Erfahrung bringen, lassen Sie es mich bitte umgehend wissen. Schon die kleinste Kleinigkeit könnte wichtig sein. Sie verstehen bestimmt, dass ich Sie im Gegenzug nicht unbedingt an unseren Ermittlungen teilhaben lassen kann ..."

„Nein, das verstehe ich nicht", erwiderte Klara, „Ermittlungen können sich ergänzen und jedem bei der Suche weiterhelfen. Aber wenn Sie meinen ... Sie meinen ja immer das, was Sie selbst am liebsten meinen, nicht wahr, Herr Derrick? Trotzdem schon mal danke für Ihr Vertrauen. Sie werden es nicht bereuen. Auf Wiedersehen, Herr Kommissar, ich muss mich fertigmachen." Damit drehte sich Klara mit ihrem Papierbündel um und stieg die Treppe hinauf.

Von ihrem Fenster aus lauschte sie den letzten Worten, die gleich darunter im Vorgarten fielen. „Lassen Sie Frau Schrupp ruhig ein bisschen herumstöbern, Herr Pfarrer, das tut ihr gut. Normalerweise weihen wir von der Polizei keine Bürger ein, aber ich habe das ungute Gefühl, dass Ihre Haushälterin ohnehin schon wieder ihre Nase in unsere Angelegenheiten steckt. Hiermit können wir sie einstweilen ein bisschen beschäftigen, sozusagen ausbremsen, und sie fühlt sich trotzdem einbezogen. Es sind ja nur ein paar Einkaufsquittungen." Das Lachen des Kommissars war das letzte Geräusch, das Klara vernahm, bevor sie die Fäuste hob und in ihrer Schlafstube hin und her lief.

Dieser arrogante Kommissar aber auch! Hatten sie und ihr Pfarrer nicht schon oft genug bewiesen, wie unentbehrlich sie für die Ermittlungsarbeit waren? Er wollte sie ausbremsen, beschäftigen!

„Na, warten Sie nur ab! Sie glauben, ich ziehe die Bremse. Dabei werden Sie vor mir noch den Hut ziehen!"

Dann fiel ihr etwas ein.

„Herr Pfarrer?", rief sie durch das Treppenhaus. „Was habe ich Ihnen denn vorausgesagt? Gute Absichten werden mit guten Erfolgen belohnt. Wissen Sie das noch? Und jetzt dürfen wir beide ganz offiziell ermitteln. Ha! Die werden sich noch wundern bei der Polizei!"

9.

„Wenn Sie gleich aus dem Haus gehen, machen Sie die Tür richtig zu!", rief Klara durch den Flur. „Nicht, dass unser Willi wegläuft."

„Ja, liebe Klara!", ertönte es aus dem Wohnzimmer.

„Und erklären Sie ihm noch mal, dass wir bald wieder heimkommen!"

„Ja, liebe Klara!"

„Und sagen Sie nicht immer ‚liebe Klara' zu mir, das meinen Sie doch gar nicht so. In Wirklichkeit sind Sie froh, dass ich wegfahre und Sie wieder heimlich rauchen können!"

„Ja, Klara!"

Auf flinken Beinen eilte Klara zurück in die Wohnstube. „Ha, da haben Sie sich aber gerade verraten, Herr Pfarrer."

„Hätte ich Nein sagen sollen? Lassen Sie mich überlegen", sagte van Kerkhof daraufhin und gähnte noch einmal herzhaft, bevor er sich aus den Sofapolstern rappelte. „Ich wünsche Ihnen jedenfalls viel Erfolg bei Ihren Ermittlungsarbeiten", fügte er ernsthaft hinzu, als er dastand und sich unter Klaras Augen bemühte, sein Hemd ordentlich in den Hosenbund zu stecken.

„Danke", seufzte Klara, „Erfolg kann ich gebrauchen. Sonst würde dieser Mord wohl niemals aufgeklärt werden ..." Sie nestelte in ihrer Handtasche, überzeugte sich, dass sie alle Kopien eingesteckt hatte wie auch ihren kleinen Schreibblock.

„Verlieren Sie nicht den Mut, wenn Sie heute noch keine konkreten Antworten bekommen", versuchte van Kerkhof vorbeugend tröstlich zu klingen.

„Sie haben gut reden, Herr Pfarrer, Sie albern ja gleich mit Ihren Schulkindern herum."

„Wenn Sie Ihre Recherchen auf morgen verlegen, kann ich mitkommen in die Stadt."

„Für das Programm von heute haben Sie aber kein Talent", befand Klara, um mit völlig veränderter Stimme fortzufahren:

„Nicht wahr, kleiner Willi? Papa hat kein Talent für Feinheiten, er kann weder erziehen noch richtig mit dir spielen, nicht mal ein Instrument."

„Nicht mal einen Leierkasten", ergänzte van Kerkhof mit bedauerndem Grinsen.

Klara murrte vor sich hin, während sie dem Pfarrer ihre Kehrseite zudrehte. „Sie könnten aber wenigstens das Türchen im Vorgarten mal ölen. Die Scharniere quietschen wie heulende Katzen. Unser armer Kater wird jedes Mal nervös, wenn es aufgemacht wird."

„Ja, schreiben Sie es mir auf, Klara, dann denke ich daran."

„Sie können selbst schreiben, Herr Pfarrer. Oder weißt du was, kleiner Willi? Verpass du Papa mal einen ordentlichen Kratzer, dann vergisst er es nicht." Klara war bei der Haustür angelangt, als van Kerkhof ihr nachrief: „Haben Sie denn Ihren Sheriff-Stern angesteckt, liebe Klara?"

Gleich darauf wurde die Haustür geräuschvoll zugeschlagen.

Im Bus las Klara wieder und wieder die Übersetzung von einem der Zeitungsartikel.

Kommissar Hartwichs hatte ihr diesen natürlich nicht kopiert, nur die Einkaufsquittungen. Wie gut doch, dass sie das Mäppchen des Engländers an sich genommen und alles, was sich darin befand, schon mal gesichert hatte, bevor sie es dem Fundbüro übergeben hatten! Denn genau das brauchte sie für ihren Gang in die Stadt – ein Foto des Toten, als er noch lebendig war.

Er blickte so sympathisch in die Kamera, der gute Junge ...

„Ich kann die Befürworter des *Brexit* nicht verstehen", hatte er bei einer Befragung geäußert, „unsere Wirtschaft könnte dadurch Probleme bekommen. Viele von uns haben vor zu studieren, da sucht man auch im Ausland nach günstigen Universitäten und Anlaufstellen. Überhaupt brauchen wir doch in vielen Zweigen Arbeiter aus der EU. Wenn wir Jüngeren entscheiden könnten, würden die meisten von uns in der Europäischen Union bleiben. Gerade um uns, um die junge Generation, geht es doch in der Zukunft ..."

Vor Wut krampfte sich Klaras Magen zusammen und sie musste heftig aufstoßen. Diesem anständigen Jungen hatte man die Zukunft gestohlen! Mit einem gezielten Scherenstich in den Hals. Für so etwas konnte es doch niemals einen Grund geben!

Klara hoffte inständig, dass sie irgendwann Colins Mörder ins Gesicht schauen und ihm das Passende sagen konnte.

Ihre Route durch Limburg stand fest, die Quittungen waren entsprechend geordnet.

Beginnen wollte sie in einem Kaufhaus. Auf dem Bon waren Herrenstrümpfe angeführt, zwei Paar zu je 6,98 Euro. Klara fand, dass ein Drehorgelspieler, der umhertingelte, sich im Grunde für den Preis von einem Paar besser einen Mehrfachpacken geleistet hätte. Wahrscheinlich aber hatte der junge Engländer Erfahrung mit dem schnellen Verschleiß von allzu billigen Socken, war er doch sehr viel zu Fuß unterwegs.

Den Weg hinauf in die Herrenabteilung nahm Klara über die normale Treppe. Diese scharfkantigen Rolltreppen verabscheute sie zutiefst. Schon ganz unten musste man sich darauf konzentrieren, dass man bereit sein musste, oben abzuspringen, um nicht ins nächste Stockwerk hineinzustolpern oder gar zu fallen.

Keuchend betrachtete sie nun die jungen Frauen an den Kassen. Genau die waren ihr Ziel. Eine wirkte schöner und gepflegter als die andere ... und wie betont ihre Augen waren, schwarz bepinselt bis hinein ins Weiße ... das musste doch wehtun! Ihr fiel das überschminkte schwarz verheulte Mädchen aus der Fotokabine ein, in der der arme Colin später sein Ende fand. Im Gegensatz zu dem Mädchen hatte er jedoch rot verbrannte Augen gehabt ... Ob man versucht hatte, ihn zu schminken? Hatte jemand aus dem Leierkastenmann einen Clown machen wollen, weil ihm die Musik zu laut gewesen war oder sie ihm nicht gefallen hatte?

Alles musste in Erwägung gezogen werden, sie durfte keinen Gedanken leichtfertig verwerfen.

Auch die junge Bedienung im Restaurant hatte einen Grund, sich zu rächen. Vielleicht hatte die Sache für sie ja doch Konsequenzen gehabt – und das Ende ihres Arbeitsvertrages war längst besiegelt gewesen, als sie und der Pfarrer dort eingekehrt waren ... Ein strenger Chef, die Bedienung nicht vertrauenswürdig und schon lange unrentabel fürs Geschäft ... und der junge Engländer der Auslöser für ihre Kündigung ...

Klara wurde sich bewusst, dass man sie anstarrte, weil sie wie angewurzelt in der Herrenabteilung stand und wie eine orientierungslose ältere Dame wirken musste, die dem Altenheim entlaufen war.

„Können wir Ihnen vielleicht helfen?", fragte eine der Kassiererinnen schließlich. „Ist Ihnen nicht gut?"

„Nein, nein, es geht mir gut. Ich möchte Sie nur etwas fragen. Schauen Sie, können Sie sich an diesen jungen Mann erinnern?" Klara legte den Zeitungsartikel mit dem Interview auf die Theke.

Eine der Frauen hielt die Hand vor den Mund. „Oh ja, der Tote vom Bahnhof. Ja, der war hier." Eine weitere kam hinzu und strahlte das Foto an. „Wer erinnert sich an so einen nicht?", gab sie ohne Hemmungen zu. „Fragen Sie doch mal die Kollegin dort drüben. Mit der hat er sogar geflirtet."

Sofort schoss Klara zwischen den voll behängten Rundständern hindurch auf besagte junge Frau mit schwarzem Kurzhaarschnitt und einem äußerst lieblichen herzförmigen Gesicht zu.

„Warum zeigen Sie mir das?", fragte das Mädchen, während es gedankenverloren auf das Foto schaute.

„Ich bin beauftragt, Zeugen zu befragen. Wollen Sie meinen Ausweis sehen?" Ob auch bei diesem wachsamen Kind ihr Seniorenpass fruchtete? Doch das Mädchen sagte: „Danke, den muss ich nicht sehen. Meine Kolleginnen wissen, dass ich immer froh war, wenn er hier auftauchte. Ein Charmeur wie aus dem Buch."

„Sie meinen, wie er im Buche steht", konnte Klara sich nicht zurückhalten, war ihr doch das Korrigieren mittlerweile in Fleisch und Blut übergegangen.

„Nein, wie aus dem Bilderbuch, habe ich gemeint!" Der Blick des Mädchens schweifte hinüber zur entfernten Wand mit den

Jeanshosen. Als trete der Engländer dort aus einer Kabine, gestand es, ohne zu zögern: „Zu schade, dass er nur auf der Durchreise war. Hat einmal draußen vorm Kaufhaus nur für mich gespielt, und als er etwas Geld gesammelt hatte, lud er mich in die Eisdiele ein. Danach hab ich ihn nicht mehr gesehen."

„Hat er Ihnen etwas erzählt?", nutzte Klara umgehend die Gelegenheit.

„Nur, dass er die Drehorgel von einem Mann hier aus Limburg bekommen hat, damit er sich damit ein bisschen Geld verdienen konnte. Er war auf einer Städtereise durch Deutschland, ich weiß nicht einmal, woher genau aus England er kam. Die meiste Zeit hat er mir Komplimente gemacht und geschwärmt, wie gut ihm unser Land und unsere Flüsse gefallen, und besonders ... die deutschen Mädchen."

„Aha, das hat aber Ihnen wiederum nicht gefallen?", forschte Klara im Gesicht der jungen Frau.

Alles registrieren, dachte sie bei sich. Zu dumm, dass sie ihren Block jetzt nicht zücken konnte, sie würde sich jede Äußerung merken müssen und draußen erst notieren können.

„Was heißt gefallen, da war ja noch nichts, was mich hätte stören können. Wir waren ja nicht zusammen." Und als Klara fragend zu der jungen Schwarzhaarigen hinaufblinzelte, beteuerte diese: „Im Klartext: Es ist nichts gelaufen! Können Sie damit was anfangen?"

Wenn sie jetzt das Wort „Oma" hinzugefügt hätte, so dachte Klara, hätte sie ungnädig weitergebohrt. So aber bedankte sie sich knapp und wollte nur noch aus der Kaufhausluft ins Freie. Wie die Angestellten das hier drinnen nur den ganzen Tag aushielten ...

Da, die Treppe war weg, die sie gerade eben noch genommen hatte!

Klara lief desorientiert durch die Kleiderständer und Regale, was sie fand, war immer nur diese verhasste Rolltreppe. Da aber die frische Luft verlockender war als dieser Irrlauf hier oben, stellte sie sich kurz entschlossen vor das „rollende Monstrum", wie sie es in Gedanken bezeichnete, und wartete ab, bis ihre kleinen Füße gezielt eine der sich entfaltenden Stufen erwischten.

Hoch konzentriert hielt sie sich am Handlauf fest, den Blick stur auf das untere Ende gerichtet und auf einen dünnen großen Mann, der jeden Fahrgast vor ihr fixierte und dazu seine Selbstgespräche führte. Ein geistig armer Junge, aber genau dort sollte er jetzt nicht stehen! Hoffentlich packte sie den Absprung ...

„Neunhundertneunundneunzig, eintausend! Ja!", schrie der Mann ihr auf einer der letzten Stufen entgegen, sodass Klara mit offenem Mund und rasendem Herzen in seine Arme fiel.

„Was fällt Ihnen ein, die Leute hier so zu erschrecken!", polterte Klara. „Gehen Sie raus und zählen Sie von mir aus die Tauben, aber ...“

„Herzlichen Glückwunsch! Sie sind unsere Gewinnerin. Die tausendste Benutzerin unserer neuen Rolltreppe.“

„Wollen Sie mich auf den Arm nehmen?", fragte Klara schwach und ließ sich ein Stück zur Seite schieben, damit andere ungehindert vorbeikonnten.

„Nicht auf, sondern in die Arme, gnädige Frau, das haben Sie doch gerade selbst erlebt!" Der junge Mann trug ein Schildchen an seinem Sakko, auf dem offenbar sein Name stand, doch Klara stand so unter Schock, dass sie es nicht zu lesen vermochte.

„Und hier der Gutschein, wie im Prospekt versprochen. Wir hoffen, dass Sie etwas Schönes in unserem Haus für sich finden. – Gleich hier unten ist zum Beispiel die Damenabteilung.“

„Wie viel ist es denn? Ich meine, der Gutschein, wie hoch ...“

„Na, wie es im Prospekt stand: 250 Euro! Für Ihr Semester: umgerechnet 500 D-Mark!“

Gleich würde er seinem Geschrei noch selbst Beifall spenden, dachte Klara ungläubig, die erst dann erfasste, dass sie in der Tat viel Geld gewonnen hatte.

„Können Sie mir das vielleicht in bar geben? Ich weiß nicht, ob ich etwas ...“

„Einzulösen hier in unserem Kaufhaus, wie schon im Prospekt ...“

„Ich kenne Ihren Prospekt nicht, aber danke. Ich denke, damit wird sich der Herr Pfarrer endlich einmal neu einkleiden", entschied Klara für sich.

„Oh, Sie wollen den Gutschein der Kirche spenden ... Da müsste ich aber erst die Geschäftsleitung fragen, weil im Pro..."

„Ihren Prospekt zeige ich dem Herrn Pfarrer, und dann können Sie ihn gern beraten." Ihr Chef brauchte dringend ein neues schwarzes Sakko, überlegte Klara, immer noch völlig überrumpelt von diesem unvorhergesehenen Ereignis. Verunsichert steckte sie den Gutschein ein. Gleich vor ihr war der Ausgang, nichts wie hinaus.

Da hätten nur noch die Trompeten und ein Blumenkränzchen um den Hals gefehlt, dachte Klara, und bemerkte erst auf der Straße, dass man ihr einen großen Luftballon mit dem Aufdruck des Kaufhauses um die Schulter gehängt hatte, der gleich über ihrem Kopf schwebte.

Ganz kurz verweilte Klara auf der Stelle, bevor sie festen Schrittes voranschritt, den Ballon wie ein Kind stolz in einer Hand trug und ein paar Ecken weiter stehen blieb. Genau hier, auf den Pflastersteinen, hatte sie innegehalten, nachdem sie mit ihrem Pfarrer vom Restaurant zur Tiefgarage gegangen war. Weil Colin nämlich genau hier neulich die Kurbel seines Leierkastens gedreht hatte, als sie ihm zum ersten Mal begegnet war, dem armen Jungen.

Sie hielt den Luftballon in die Höhe und ließ ihn ungeachtet der vielen Menschen um sie herum in die Luft steigen. Als sie ihm nachschaute, wie er sich zwischen den hohen Fassaden seinen Weg in die Freiheit suchte, wurde sie tieftraurig.

„Heilige Muttergottes, pass gut auf den lieben Jungen auf", flüsterte Klara.

Diesen Gutschein in ihrer Handtasche hätte der arme Colin gewinnen müssen ... wie hätte der Bub sich gefreut! Und jetzt war er selbst dort oben, unfreiwillig, viel zu früh, es gab hier unten doch noch so vieles, was er tun wollte ... Warum?!

Der Gedanke an die gerechte Strafe des Täters zog Klaras Sinne wieder ganz in seinen Bann. Sie schaute in ihrer Handtasche auf die nächste Quittung. Es war ein Friseursalon namens *Rainbow*, den er besucht hatte. Der junge Mann war wohl sehr auf sein Äußeres bedacht gewesen. Nun, er hatte aber auch bildschöne Locken gehabt ...

Unterwegs musste sie zwei Mal stehen bleiben, wischte sich mit dem Taschentuch über Stirn und Kinn, bevor sie ihren Weg fortsetzte. Ein jugendlicher Skateboard-Fahrer schnellte so plötzlich an Klara vorbei, dass sie vor Schreck beinahe gestürzt wäre. Sie verharrte auf der Stelle und umfasste ihren Hals, um sich zu sammeln. Der Knabe wendete und umkreiste Klara lachend.

„Fahr auf deinem Brett gefälligst da, wo es erlaubt ist. Wir Fußgänger laufen ja auch nicht auf den Straßen herum!"

„Dann bauen Sie uns doch 'ne Skater-Bahn!", rief der Junge über die Schulter zurück, als er sich aus dem Staub machte. Klara seufzte. Die Jungen und die Alten passten heutzutage aber wirklich gar nicht mehr zusammen!

Auch dem *Salon Rainbow* war schon auf den ersten äußeren Blick die Jugend anzusehen. Bunt und modern – und ebenso verspielt wie schrill – war die Dekoration im großen Fenster.

Die Eingangstür wurde beim Öffnen begleitet von einer Art Telefontuten. Mehrere angepinselte Mädchengesichter blickten Klara entgegen, teils etwas ungläubig über ihr Auftauchen.

„Ich weiß, Sie machen keine Wasserwellen", stellte Klara gleich von vornherein klar, „aber ich würde Sie alle gerne etwas fragen."

„Nur zu", gab ihr die größte der jungen Frauen zu verstehen. Ihr Haar schimmerte hellgrün, und der Sessel, in dem ein Kunde von ihr saß, leuchtete ebenfalls in einem intensiven hellen Grün. So wie bei der Friseuse gleich daneben mit rosa Haaren hinter einem leuchtend pinkfarbenen Stuhl. Es gab außerdem gelb und hellblau und weiß, eine jede Sitzgelegenheit mit der farblich dazu passenden jungen Dame.

Wie wenig sie doch von der heutigen modernen Zeit wusste, stellte Klara fest, diese Welt verschloss sich ihr fast ganz.

„Ich bräuchte ohnehin einen grauen Sessel mit einer grauhaarigen Bedienung", scherzte Klara und erhielt freundlich Auskunft: „Da liegen Sie genau im Trend. Grau ist die neue ehrliche Haarfarbe."

Wollte man sie auf den Arm nehmen? Doch da nachzuhaken, kam für Klara nicht infrage. Ihre Frage lautete schlicht: „Kann sich jemand von Ihnen an diesen jungen Mann erinnern?" Sie hielt ihr Zeitungsfoto mit dem lächelnden Colin hoch und erhielt ein mehrstimmiges „Ja!" und „Klar doch!"

„Sie wissen, was mit ihm passiert ist?", fragte Klara daraufhin.

Die jungen Frauen nickten allesamt. „Er ist seit Tagen hier das Thema", sagte die große hellgrüne, die offenbar die Chefin des Salons war. „Die Polizei war auch schon hier, aber wir konnten denen nichts weiter sagen, nur, dass er neue Locken wollte."

„Er war ganz schön eitel", fiepste die kleine hellblaue.

„Seine Dauerwelle war herausgewachsen", meldete die pummelige gelbe, und die kleine in der Ecke mit dem weißen Stoffturban ließ betroffen den Kopf sinken.

„Ist aber schon über zwei Wochen her, das mit den Locken", vermeldete die pinkfarbene Kaugummi kauend. Mit dem Datum auf Klaras Quittung stimmte das überein, sie hatte noch vor der Tür darauf geschaut.

„Hat denn jemand von Ihnen näheren Kontakt zu ihm gehabt?", wollte Klara wissen.

Alle sahen sich an, niemand sagte etwas. Bis die große selbst eine Frage stellte: „Dürfen wir erfahren, wer Sie sind? War der Engländer ein Verwandter von Ihnen? Ich meine, Sie kommen hier rein und fragen uns aus. Eigentlich haben wir ja eine Art Schweigepflicht unseren Kunden gegenüber."

„Dann haben wir schon viel zu viel Auskunft gegeben", wandte die pinkfarbene ein.

„Oh, Sie können gerne Kommissar Hartwichs von der Kripo anrufen. Er hat mich geschickt. Ich bin seine private Ermittlerin, und ein Mord muss aufgeklärt werden."

Sogleich wurde Klara ein Stuhl und ein Glas Wasser angeboten. Nur brachte der Besuch im Frisiersalon letztendlich keinerlei Ergebnis, bis auf ein Päckchen Taschentücher des Hauses, das man ihr mit auf den Weg gab, weil sich die Schweißperlen auf ihrer Stirn gesammelt hatten.

Enttäuscht zog Klara schließlich von dannen, weil niemand angeblich mehr über den Toten wusste, als man bereits berichtet hatte.

Dauerwellen und ganz schön eitel, fasste Klara für sich zusammen, noch dazu ein Zechpreller. Dennoch, Klara war von ihm nicht minder angetan gewesen als all die jungen Mädchen ... Er reiste durchs Land, hatte vor, sich etliche deutsche Städte anzusehen, um jedoch nirgends länger als zwei, drei Wochen zu bleiben. Er liebte Deutschland, die Flüsse und die deutschen Mädchen und verdiente sich mit seiner Drehorgel ein paar Euro dazu. Immerhin war es ihm nicht zu teuer gewesen, seine Locken aufzufrischen. Das wiederum kostete nicht wenig, wie Klara wusste. Doch all das ergab kein Mordmotiv und taugte auch nicht als Zeugeninformation.

Ob sie ganz woanders ansetzen musste mit ihren Recherchen? Nur, wo? War er ein politisch engagierter Reisender? Wie auch immer, die Limburger Mädchen schien er in seinen Bann gezogen zu haben. Noch drei Quittungen hatte sie bei sich, über einen Gürtel, eine Isolierflasche und ein Halstuch aus einer Boutique. Doch um diesen nachzugehen, fehlte ihr momentan die Kraft, ihre Beine waren schwer wie Blei.

Als Klara am späten Nachmittag mit dem Bus zurück zum Pfarrhaus fuhr, brachte sie nicht viel Neues mit, außer dem gewonnenen Gutschein. Und der würde eingetauscht werden gegen ein Paar schwarze Schuhe und ein schwarzes Sakko, das war jetzt beschlossene Sache, ob der Herr Pfarrer sich freute oder nicht! Seine Sonntagsschuhe hatten abgelaufene Sohlen und das alte Sakko glänzte auf den Schultern wie Speckschwarte, verursacht durch seine immerfort rieselnden Schuppen. Verflixt, das hätte sie doch zumindest aus der Stadt mitbringen können: ein gutes Schuppenwasser! Und auch mehrere Strümpfe für sich selbst – der kleine Willi bescherte ihr jeden Tag neue Laufmaschen.

Was sie jedoch viel schwerer belastete, war ein ungutes, sehr vages Gefühl, dass sie etwas übersehen hatte. Etwas, das nicht an die Oberfläche vordringen wollte und das ihr immerzu den ermordeten jungen Engländer vor Augen holte. Was genau es war, musste mit dem heutigen Nachmittag in der Stadt zu tun haben, denn erst dort war es ausgelöst worden ...

Klara konnte nur hoffen, dass ihre Sinne noch so gut beieinander waren und ihr Kurzzeitgedächtnis sie nicht im Stich ließ.

10.

Die Glocke der Kirche neben dem Pfarrhaus schlug die neunte Stunde des Sonntagmorgens. Schon am Abend zuvor war Klara mit hängenden Schultern durch den Hausflur geschlichen, ohne sich van Kerkhof mitzuteilen. Ihre schmollende Miene sprach zwar Bände, doch kein aufschlussreiches Wort kam über ihre Lippen. Dass sie auch an diesem Morgen eine Frage stumm in sich verschloss, entging van Kerkhof nicht.

Natürlich wusste er, was ihr auf der Seele brannte. Doch da musste sie jetzt durch, so viel Vertrauen sollte sie schon zu ihm haben. Er fragte sich, wie lange sie ihr Anliegen noch würde hinauszögern können und stellte fest, wie gepflegt sie aussah in ihrem schwarzen Kostüm und der schneeweißen Bluse mit dem gestärkten Kragen. Überall im Haus hinterließ sie ihre Duftfahne aus Kölnisch Wasser, überprüfte wiederholt, ob sie auch ihr Taschentuch im Ärmel stecken hatte.

Schließlich hielt sie es doch nicht mehr aus. Mit verschlungenen Händen stand sie vor ihm und machte sich ganz klein. „Ich finde das gar nicht schön von Ihnen, Herr Pfarrer. Sie wissen schon, was ich meine ... Und gerade heute wäre es so wichtig gewesen."

Van Kerkhof zuckte die Schultern und klopfte auf die schwarze Mappe unter seinem Arm. „Trauen Sie mir ruhig zu, dass ich eine Predigt ohne Ihr Dazutun bewältige, Klara. Ich weiß, Sie sind enttäuscht, weil ich meine Textmappe eingeschlossen hatte. Aber Ihr ständiges Gekritzel am Rand und Ihre Streichungen und roten Ergänzungen haben mich schon so oft auf der Kanzel durcheinandergebracht, das soll mir gerade heute nicht passieren. Sie wissen, es sind Vertreter der Stadt und Polizeibeamte im Gottesdienst ..."

„Und *Scotland Yard* aus England!", ergänzte Klara ehrfürchtig. „Können die denn Deutsch?"

„Angeblich sollen sie sehr gut Deutsch sprechen." Van Kerkhof nickte und bemerkte die plötzlich veränderte Miene seiner Haushälterin.

Im altvertrauten Tonfall wurde er belehrt: „Gerade deshalb wollte ich ein Auge auf Ihre Predigt werfen, Herr Pfarrer! Vier Augen sehen immer mehr als zwei. Sie dürfen nicht so politisch sprechen und nicht so modern. Das muss heute sehr gefühlvoll sein. Wenn Sie da nicht in die Herzen der Gemeinde vordringen, dann wird das dem armen Colin nicht gerecht!"

Sie hatte sich so ereifert, dass van Kerkhof auf sie zuging und sie bei den Schultern fasste. „Sie werden nicht enttäuscht sein, liebe Klara. Ich bin hier der Pfarrer, ich habe mein Fach studiert und viele Jahre an Erfahrung gesammelt. Natürlich werde ich behutsam auf das eingehen, was in Limburg geschehen ist. – Es wird heute recht voll werden, nehme ich an. Wenn Sie also noch einmal zur Toilette müssen, dann tun Sie es jetzt. Ich möchte Kommissar Hartwichs und seine englischen Kollegen vorher noch persönlich begrüßen." So leid es ihm tat, sah er sich gezwungen hinzuzufügen: „Und das möchte ich gern alleine tun."

„Dann tun Sie, was Sie tun müssen. Sie machen es ja doch so, wie Sie wollen", knurrte Klara, indem sie sich abwandte und zur Toilette eilte. „Wenn das mal alles gut geht ..."

Da auch die gestrige Tageszeitung in ihrem Lokalteil auf diesen Gottesdienst zum Gedenken an das Mordopfer eingegangen war, waren die Kirchbänke fast so gut gefüllt wie zu den kirchlichen Feiertagen. Klara war stolz, dass der Kommissar gerade ihren Pfarrer um ein solches Gedenken gebeten hatte. Nachdem sie noch einmal die Nase aus der Tür der Sakristei gestreckt hatte, mahnte Klara ihren Chef abermals: „Da draußen ist alles voll, Herr Pfarrer. Jetzt sehen Sie zu, dass Sie auch wirklich das Richtige sagen."

Van Kerkhof lächelte gütig: „Das werde ich tun, liebe Klara. Und nun suchen Sie sich einen Platz. Ihrer ist vermutlich besetzt, weil Sie wieder aufgestanden sind."

„Keine Sorge, da liegt mein Häkelkissen und auch mein Gesangbuch!"

In der Tat stellte van Kerkhof kurz darauf vom Altarraum her fest, dass seine Haushälterin an ihrem gewohnten Platz in der zweiten Reihe saß. Von dort aus hatte sie ihn fest im Blick, seine Schuhe, seinen Talar und seine Frisur, über die er kurz vor dem Eintreten hinter den Messdienern noch einmal mit der flachen Hand strich, weil er Klaras Anweisungen verinnerlicht hatte wie die Rituale des Gottesdienstes.

Er konzentrierte sich ganz auf die Liturgie, versuchte, seiner hibbeligen Haushälterin so wenig Beachtung wie möglich zu schenken, hatte sie ihn bisher doch oft genug mit ihrer Gestik aus dem Konzept gebracht.

Die Blumengestecke unterstrichen die Atmosphäre dieser traurigen, besinnlichen Stunde. Der Hausmeister hatte sie mit schwarzen Bändern versehen, und während van Kerkhof predigte, klebte so manches Besucherauge an den altrosafarbenen Blumen im Altarraum. Auch Klaras Blick hatte sich in einem Gebinde mit Trauerflor verfangen, stellte van Kerkhof erleichtert fest, als er in seiner Predigt auf das schlimme Verbrechen überleitete.

„Gott hat uns das Leben geschenkt, uns, wie auch unserem Nächsten. Wir sollen es nicht in Gefahr bringen, wir sollen es nicht schädigen und schon gar nicht vernichten. Denn Gott alleine gibt und nimmt das Leben.

Wir Christen sind uns dessen bewusst. So, wie das unsere, sollen wir auch das Leben unserer Mitmenschen schützen. Wenn wir einen anderen unschuldigen Menschen vorsätzlich töten, machen wir uns zum Mörder und tragen die volle Verantwortung für unsere Tat. Wir laden schwere Schuld auf uns und unser Gewissen. Und so, wie unser freier Wille, ist auch unser Gewissen ein Geschenk unseres Schöpfers an uns.

Liebe Gemeinde, einem jungen Mann aus unserer Mitte wurde auf grausame Weise das Leben genommen. Dieses Menschenleben war Gott wie auch unserem Grundgesetz nach unantastbar. Doch da gab es jemanden, der sich über das Gesetz und sogar über Gott gestellt hat.

Ereignisse wie dieses rütteln an unserem Glauben an Gott und die Menschheit. Warum?, fragen wir uns. Was geht in einem Menschen vor, der so etwas tut? Wir wissen es nicht, fragen uns vielmehr: Wie kann Gott so etwas zulassen? Er, der doch so allmächtig ist, der uns nach seinem Ebenbild geschaffen hat und uns seine Kinder nennt.

Könnte es vielleicht sein, dass auch er beim Anblick von so viel selbst geschaffenem Leid und in Anbetracht von so viel Bösem, das seine eigenen Geschöpfe sich gegenseitig antun, sich nicht mehr nur allmächtig, sondern manchmal ebenso ohnmächtig fühlt? Wie gehen wir um mit seinen Geschenken, der Schöpfung, dem Leben, unserem Nächsten, und wie mit uns selbst? Mit welchen Taten füllen wir unser Gewissen? Könnte es vor unserem eigenen Verständnis von Moral bestehen?

Da wurde einem jungen Mann das Kostbarste entrissen, was er besaß: das eigene Leben. Einem Menschen mit Plänen, Träumen und der Hoffnung auf eine vielversprechende Zukunft. Er hinterlässt im fernen England eine Familie, Freunde, denen er fester Bestandteil ihres Lebens war und die jetzt zutiefst erschüttert sind und um den Verlust dieses geliebten Menschen trauern. Wir können ihren Schmerz nur erahnen.

Und doch wurde das allumfassende Wort soeben genannt: geliebt. Das Geheimnis von allem ist die Liebe. Wo Liebe ist, bleibt man gerecht und respektvoll. Auf der Basis der Liebe gedeihen genießbare Früchte.

Wie viel Liebe muss unser himmlischer Vater für uns haben, wenn er uns täglich neue Chancen gibt und wir uns, selbst nach einem Leben in Ablehnung des christlichen Glaubens, in unserem allerletzten Augenblick noch an ihn wenden dürfen und er uns annimmt als sein geliebtes Kind ...

Er lässt uns nicht fallen. Und wir dürfen gewiss sein, er wird auch den Angehörigen unseres lieben Verstorbenen gegenüber sein Versprechen halten: *Selig sind, die da Leid tragen, denn sie sollen getröstet werden.*

Wenn wir, liebe Gemeinde, festhalten an unserem Bündnis mit Gott, wird er an unserer Seite bleiben ..."

Die Totenstille in der kleinen Kirche wurde durchbrochen von einem überaus geräuschvollen Schnäuzen. Van Kerkhof brauchte gar nicht in die Bankreihen zu schauen, er wusste, das kam von seiner Klara. Und so führte er seine Predigt mit großer Hingabe zu Ende und freute sich über die zahlreichen Hände, die ihm später am Ausgang den Dank für die wohltuenden Worte bekundeten.

Klara stand am Herd und übergoss die Sonntagsrouladen mit dunkler Soße. Bisher hatte sie sich nicht zum Gottesdienst geäußert, schniefte immer noch vor sich hin und zückte hie und da ihr Taschentuch, um sich über die Augen zu wischen.

Da Pfarrer van Kerkhof ihr vorher keinen Einblick geschweige denn ein Mitspracherecht gewährt hatte, fühlte er sich hinterher auch nicht bemüßigt, sie nach ihrer Meinung zu fragen. Zumal ihn seine Haushälterin deutlich spüren ließ, dass er das Recht dazu nicht hatte.

Klara war eben Klara. Doch das war gut so, kannte doch van Kerkhof niemanden, der so gut kochen konnte.

„Haben Sie eigentlich dem Kommissar und seinen englischen Kollegen zum Abschied persönlich die Hand gereicht?", wollte er jedoch gern von ihr wissen, und das nicht ohne Grund: Er wollte sicher sein, dass es nach dem Gottesdienst nicht vielleicht doch noch Diskussionen oder Meinungsverschiedenheiten gegeben hatte.

„Natürlich, denken Sie, Sie könnten mir alles verbieten?", erhielt er ihre schnippische Antwort.

„Nein, das kann und will ich nicht, liebe Klara. Und haben Sie sich denn noch ... ausgetauscht?"

„Ha, das wüssten Sie jetzt aber gerne, was?" Klara ließ sich nicht unterbrechen bei ihrer Arbeit am Herd und blieb stur.

„Na gut, Sie können mir ja Bescheid geben, wenn wir essen. Ich schaue mal im Fernsehprogramm nach, was heute Abend gebracht wird."

„Wie sonntags immer ein Krimi!"

„Dann freuen wir uns darauf", sagte van Kerkhof bewusst einvernehmlich. Ein köstliches Mittagessen stand bevor, und die Stimmung währenddessen war ihm sehr wichtig. Ihm fiel etwas ein, das er Klara schon gestern hatte fragen wollen.

„Der evangelische Kollege Tiedgen hat mich übrigens gefragt, für welchen mildtätigen Zweck Sie in der Stadt Geld sammeln."

Auf der Stelle erstarrte Klara. Er erhielt keine Antwort, stattdessen lenkte sie auf ein anderes Thema: „Den Kommissar Hartwichs konnte ich heute mal kurz leiden."

„Ah ja? Womit hat er das denn verdient?"

„Er hat bewiesen, dass er doch Gefühle hat. Als er mir nach dem Gottesdienst die Hand gab, hatte er nasse Augen."

Diese Information gefiel van Kerkhof und beruhigte ihn im Hinblick auf weitere Begegnungen mit dem Kommissar. Seit Klara ihn kürzlich von ihrem Fenster aus belauscht hatte, schien er bei ihr völlig in Ungnade gefallen zu sein.

„Heute will ich auch mal einen Mittagsschlaf halten, Herr Pfarrer. Sie können gern den Abwasch übernehmen, ich stehe ja hier nun auch schon seit über einer halben Stunde."

„Wie Sie wünschen, liebe Klara. Dann decke ich jetzt für uns den Tisch."

Das Wasser lief ihm im Mund zusammen, als er über Klaras Schulter hinweg in den Topf mit der dunklen Soße schaute und gleich daneben in die weiße, sahnige Soße des Blumenkohls.

„Kopf weg, Sie haben Schuppen!", scheuchte Klara ihn fort.

Van Kerkhof konnte nur hoffen, dass sich ihre Stimmung bis zum Abend aufhellen würde, denn mit seiner Haushälterin einen Kriminalfilm anzusehen, war stets ein erbaulicher Wochenabschluss.

Die Flasche mit Mineralwasser stand neben der Erdnussschale, die Kissen waren aufgeschüttelt, der Fernseher eingeschaltet, und am Sofa-Ende schlummerte der junge Kater. „Dass du mir ja da liegen bleibst!"', befahl Klara dem Tier mit jenem Tonfall, auf den auch ihr Pfarrer um des Friedens willen seit Jahren reagierte.

„Da sehen Sie, liebe Klara, wie gut sie uns beide im Griff haben", scherzte van Kerkhof, der unentwegt die Erdnüsse auf dem Tisch fixierte. Doch zugegriffen wurde erst, wenn es losging, das hatten die bisherigen gemeinsamen Fernsehabende mit Klara unmissverständlich gezeigt. Sie hatten es sich gerade gemütlich gemacht, als es plötzlich an der Haustür klingelte.

„Oh nein, das kann ich aber jetzt gar nicht gebrauchen!", schimpfte Klara.

„Da sprechen Sie mir aus der Seele", pflichtete ihr der Pfarrer bei. „Der Krimi fängt gleich an!"

„Wir tun so, als hätten wir es nicht gehört", schlug Klara vor.

Van Kerkhof nickte nur und starrte gebannt auf den Bildschirm, um die Wettervorhersage zu verfolgen. Der unbekannte Besucher blieb aber hartnäckig. Wieder und wieder klingelte er.

„Da müssen wir wohl aufmachen", stöhnte der Pfarrer.

„Na warten Sie, der kann was erleben. Die Leute am heiligen Sonntagabend beim Krimi zu stören!" Klara sprang auf und rannte zur Tür.

Der Pfarrer lauschte in den Hausflur und hörte plötzlich Klara in ihrer zartesten Stimmlage säuseln: „Oh, Herr Butzbach, das ist aber mal eine schöne Überraschung. Da freuen wir uns aber! – Hach, Sie erinnern mich immer wieder an die Cowboys aus den alten Karl-May-Filmen. Kommen Sie doch rein, wir waren gerade dabei, den Krimi zu gucken!"

Der Mann mit den vollen weißen Haaren, dem Schnauzbart und dem roten Halstuch, das in der Lederjacke steckte, folgte Klara ins Wohnzimmer. „Ach, der Ilo!", van Kerkhof nannte den Besucher gleich bei seinem Spitznamen, „unser beliebter Stadtführer!" Der Pfarrer wollte sich aus seinem Sessel erheben, doch Ilo winkte ab: „Bleiben Sie sitzen, Herr Pfarrer. Ich weiß doch, wie sehr Sie sich den Feierabend verdient haben. Ich will sowieso nicht lange bleiben."

„Nun setzen Sie sich doch, Herr Butzbach"; forderte Klara ihn auf und drückte Ilo in einen freien Sessel.

„Ich will wirklich nicht lange stören. Eigentlich möchte ich Ihnen nur was bringen."

Butzbach kramte in seiner Hosentasche.

„Papperlapapp, Herr Butzbach, und jetzt mal still. Am Anfang passiert immer der Mord. Und wenn der Pfarrer den nicht mitbekommt, versteht er gar nichts mehr."

„Ich und nichts verstehen!", empörte sich van Kerkhof. „Sie sind es doch, meine Liebe, die immer die unpassendsten Fragen stellt!"

„So ein Unsinn", fuhr Klara ihm über den Mund und wandte sich dann ausschließlich dem Besucher zu. „Wissen Sie, der Herr Pfarrer tut sich halt schwer mit seinem bisschen Deutsch. Manches versteht er einfach nicht, weil ihm die Wörter fehlen!"

„Ich bin seit vierzig Jahren in Deutschland und da soll ich ...!"

„Sind Sie jetzt wohl still, Herr Pfarrer! Gerade ist es passiert!" Klara zeigte auf den Bildschirm.

Van Kerkhof schien ihr die Lautstärke nicht mehr übel zu nehmen, zu sehr zog ihn das Krimigeschehen in den Bann.

„Der ist tot, mausetot!", sagte der Pfarrer nur.

„Na ja, so richtig tot ist er ja nicht", warf Klara ein.

„Natürlich ist er das. Sehen Sie doch, wie er da liegt und sich nicht mehr rührt!"

„Ja, im Film ist der Mann schon tot", sagte Klara mit wissendem Gesichtsausdruck, „aber nicht in der Wirklichkeit. Das sind doch alles nur Schauspieler! Nicht wahr, Herr Butzbach?"

Der Angesprochene sah etwas irritiert drein und nickte: „Natürlich sind das nur Schauspieler."

„Da sehen Sie es, Herr Pfarrer!", triumphierte Klara.

„Als ob ich das nicht gewusst hätte", antwortete van Kerkhof nur kopfschüttelnd.

„Den Pfarrer muss man manchmal auf den Boden holen", erklärte Klara in Butzbachs Richtung. „Der nimmt alles für bare Münze, was sie da im Fernsehen zeigen."

Ilo ersparte sich einen Kommentar und rutschte unruhig in seinem Sessel hin und her. „Ich wollte Ihnen eigentlich nur etwas bringen", setzte er wieder an.

„Später, mein Lieber, später!", sagte Klara, die den Finger auf den Mund legte und nun ihrerseits gefesselt auf den Fernseher sah. „Oh nein, diese Kommissarin, die mag ich überhaupt nicht!"

„Ich sehe sie eigentlich gern", meinte van Kerkhof.

„Weil es eine Frau ist. Sie sehen doch alle Frauen gern!"

„Ich bitte Sie, Klara. Das verbietet schon mein Berufsstand! Und denken Sie daran, wir haben Besuch!"

Das ratlose Gesicht Günter Butzbachs entging ihm dabei, denn er verfolgte weiter gespannt das Geschehen im Fernsehen.

„Die macht auf Marika Rökk", warf Klara ein. „Aber ist längst nicht so gut!"

„Ich kenne keine Marika Rökk", antwortete der Pfarrer kurz angebunden.

„Da waren Sie auch noch nicht in Deutschland, als die ihre große Zeit hatte!"

Dann wandte sich Klara wieder Ilo Butzbach zu: „Sehen Sie, ich hab es doch gesagt: Der Pfarrer kennt sich nicht besonders aus in Deutschland!"

„Ich finde eher, sie sieht aus wie diese Sängerin", sagte van Kerkhof.

„Marika Rökk war auch eine Sängerin!"

„Ich meine diese amerikanische Sängerin!"

„Ich kenne keine amerikanischen Sängerinnen! Kennen Sie eine, Herr Butzbach?", wandte sich Klara an Ilo.

„Sie meinen vielleicht die Barbara Streisand, Herr Pfarrer?", wagte der höfliche Besucher nun einen kleinen Vorstoß.

„Wer soll das sein, Barbara Streusand?", riss Klara das Wort wieder an sich.

„Barbara Streisand", verbesserte sie van Kerkhof.

„Sie brauchen gar nicht so zu tun, als könnten Sie so gut Englisch sprechen!", fuhr Klara ihn an.

„Ach, gerade in letzter Zeit war mein Englisch Ihnen noch gut genug, Klara!", entwischte es dem Pfarrer, und er blieb bei seiner Überzeugung: „Sie heißt aber so. Und nicht Streusand!" Damit drehte sich van Kerkhof zu Ilo um. „Tut mir leid, aber die war es nicht. Egal, der Name fällt mir bestimmt noch ein."

Der kleine Kopf des Katers hatte sich aufmerksam jeweils in die Richtung dessen gedreht, der das Wort hatte. Artig lag Willi immer noch in seinem dicken Kissen und setzte sich erst auf, als Klara plötzlich schrie: „Der sieht ja aus wie der ermordete Colin!" Ihr Zeigefinger hing noch in der Luft, als das Fernsehbild schon mehrfach gewechselt hatte. „Die haben ihn doch hoffentlich nicht für den Krimi fotografiert, nur, weil sie keine andere richtige Leiche hatten ..."

Wie der Kater hatte sich nun auch van Kerkhof kerzengerade aufgesetzt. „Jetzt ist es aber gut, Klara, wir sehen uns einen Spielfilm an, und da ist alles erfunden und gespielt!" Doch es entging ihm nicht, dass seine Haushälterin sich die Hand aufs Herz drückte und geräuschvoll atmete.

„Jetzt wird der Fernseher ausgemacht", beschloss er, selbst verärgert durch die ständigen Unterbrechungen im Raum.

„Nein, warten Sie! Was machen die denn da direkt vor seinem Gesicht?! – Stimmt ja! Dass ich darauf nicht vorher gekommen bin! Jetzt muss ich aber mal kurz auf mein Zimmer. Sie können ja weitergucken und mir gleich erzählen, was passiert ist." Verwundert verfolgten van Kerkhof und Butzbach, wie Klara sich aus den Tiefen ihres Sessels rappelte und, so schnell ihre Pantoffeln es erlaubten, aus dem Wohnzimmer huschte, Kater Willi an den Fersen.

Es dauerte kaum fünf Minuten, da stand sie wieder in der Tür. „Was lachen Sie denn so? Haben Sie umgeschaltet zum Ohnsorg-Theater?"

Doch der dunkle Bildschirm sprach für sich. Dafür hielt ihr Pfarrer etwas in der Hand, das ihn so sehr belustigte, dass er selbst auf Klaras Nachfragen hin nicht aufhören konnte zu lachen.

„Nun geben Sie schon her!", forderte sie, als sie hinter das Sofa trat und van Kerkhof ein Foto aus der Hand riss.

Der Besucher senkte den Blick und rieb sich verlegen die Hände. „Deshalb bin ich hier, das Foto wollte ich Ihnen gerne bringen, zur Erinnerung ..."

Klara ließ sich matt in ihren Sessel sinken, sie war kreidebleich geworden. Noch einmal lachte der Pfarrer auf, dann hustete er und beobachtete Klara schweigend.

„Das ... das war ... daher habe ich ihn gekannt. Als er mich am Bahnhof fast umgerannt hat, habe ich ihn gefragt, wohin die Reise geht, er sagte, nach Koblenz, und dass ihm Limburg so gut gefällt ... Und jetzt sehen Sie, warum ich Ihnen nichts davon erzählt habe, Herr Pfarrer. Ich wusste, dass Sie mich auslachen würden. – Der Bub hat mir in der Stadt damals eine Freude machen wollen, weil ich ihm so begeistert zugehört habe ... ich durfte auch mal drehen ... und die schönen alten Melodien ... der arme, arme Junge." Ihre Miene wechselte von Trauer zu Ärger.

„Haben Sie das Bild gemacht?", fragte sie den irritierten Ilo vorwurfsvoll. „Ich habe Sie gar nicht gesehen."

Dieser nickte. „Es war doch ein besonderer Moment, und ich dachte: Frau Schrupp dreht in der Innenstadt die Kurbel des Leierkastens, und sie ist so begeistert bei der Sache! Wann sieht man schon mal so etwas Rührendes." Unter Klaras Augen war seine Stimme immer leiser geworden.

Van Kerkhof mischte mit: „Und gleich neben ihr wirft Pfarrer Tiedgen seinen Obolus ins Schälchen." Erneut unterdrückte er ein Lachen. „Ach, jetzt verstehe ich, warum er mich fragte, für welchen mildtätigen Zweck Sie sammeln. Er muss gedacht haben, das sei Ihre Drehorgel!"

„Ich habe ihn schon erkannt, den evangelischen Pastor", grummelte Klara, „beim Weitergehen ist er mir aufgefallen. Das war ja klar, dass der sein Mundwerk nicht halten konnte!"

„Aber Klara", beschwichtigte van Kerkhof seine aufgebrachte Haushälterin, „da war doch nichts Schlimmes dabei. Schauen Sie, jetzt haben Sie ein Erinnerungsfoto von sich und dem jungen Engländer."

„Ich, genau! Und nur ich. Das bekommt kein Kommissar Hartwichs zu sehen. Wenn er mich dafür wieder in die Mangel nimmt, weiß ich nicht, was passiert."

Ihre Augen schwenkten hinüber zu Ilo, dem das Ganze sichtbar unangenehm war, der jedoch Klaras Blick standhielt und van Kerkhofs Worte wiederholte: „Was ist denn dabei, Frau Schrupp, wenn jemand für andere Leute Musik macht? Sie haben doch selbst gesehen, wie gut das bei den Fußgängern ankam. Straßenmusik ist doch beliebt bei den Leuten."

„Und da mussten Sie mal schnell auf Ihren Fotoapparat drücken", meckerte Klara ihn an.

„Ganz richtig. Den Leierkasten hatte Colin von mir bekommen, und ich habe ihm gezeigt, wo er sich am besten aufstellt, damit ein paar Groschen für ihn dabei herausspringen."

Klara starrte Ilo mit offenem Mund an. „Von Ihnen? Den Leierkasten? Ja, sagen Sie bloß! Was hatten Sie denn mit einem Engländer zu tun? Woher kannten Sie ihn überhaupt? Nein, so was aber auch!" Klaras Mund stand erneut offen. Ihr ging im Moment so viel durch den Kopf, dass sie tief durchatmen musste, um mit erhobener Hand um Ruhe zum Nachdenken zu bitten. Und dann ließ sie den Besucher zu Wort kommen.

Günter Butzbach berichtete, der junge Engländer habe einen seiner Vorträge mit Geschichten und Anekdoten über das alte Limburg besucht, wofür der junge Mann sich überaus interessiert hätte. Er habe zwar nicht alles verstanden, sei daher am Schluss zu ihm gekommen, um noch ein paar Fragen loszuwerden. So seien sie ins Gespräch gekommen, hätten anschließend in einem kleinen Wein-Café noch etwas zusammen getrunken und ein wenig geplaudert.

„Geplaudert?! Dann wissen Sie ja bestimmt jede Menge über ihn", folgerte Klara. „Und damit waren Sie bestimmt schon bei der Polizei, habe ich recht?"

Zu ihrer Verwunderung schüttelte Butzbach den Kopf. „Das wollte ich gleich morgen früh tun. Ich habe erst heute Nachmittag von der schlimmen Geschichte erfahren, weil ich für ein paar Tage einen alten Freund an der Weinstraße besucht hatte. Es gibt ja nichts Großartiges, womit ich den Ermittlungen weiterhelfen könnte. Colin hat mir nur gesagt, er wäre auf einer kurzen Städtereise durch Deutschland, weil er vorhabe ... vorhatte, von England hierher überzusiedeln. Der bevorstehende *Brexit* wäre nicht sein Ding und er lasse sich nicht zwingen, in einem Land zu leben, das beschlossen hat, sich abzuschotten. Dann fügte er noch hinzu, dass er sich Limburg durchaus als seinen künftigen Wohnort vorstellen könne. Koblenz wolle er sich noch einmal anschauen, und dann entscheiden. – Aber deshalb hat ihn doch bestimmt keiner ermordet."

Noch immer kopfschüttelnd wiederholte Klara: „Nein, deshalb hat ihn ganz gewiss keiner ermordet." Dann setzte sie sich kerzengerade hin. „Und damit er noch zu ein bisschen Geld kam, hatten Sie ihm den Leierkasten geschenkt?"

„Geliehen. Das Ding stand schon seit zig Jahren in meiner Wohnung. Ein verstorbener alter Limburger hat es mir vermacht. Bei ein paar Vorträgen habe ich den antiken Kasten schon mal eingesetzt. Aber jetzt konnte er endlich einmal richtig zum Einsatz kommen. Ich meine, ich stelle mich damit ja nicht als Limburger selbst in die Stadt und kurbele da herum ..."

„Aber mich knipsen Sie damit sofort!", schimpfte Klara erneut über das Foto. Dann hielt sie inne. „Warten Sie, da ist doch noch jemand im Hintergrund. Herr Pfarrer, Ihre Lupe! Schnell!"

Van Kerkhof sprang auf, froh, dass es etwas gab, was seine Haushälterin von sich selbst ablenkte.

„Das dunkle Gesicht da hinten, mit dem schwarzen Trainingsanzug und der grellen Kappe, ha, den habe ich mit einer Gruppe morgens am Bahnhof gesehen. Genau der Bursche wollte mir nämlich seine Dose anbieten!"

Klara schnaufte ein paar Mal, bevor sie entschied: „Herr Butzbach, gehen Sie ruhig zur Polizei und erzählen Sie von mir aus, was Sie erlebt haben. Sie wollen ja bestimmt auch Ihren Leierkasten wiederhaben. Aber das Foto hier überlassen Sie bitte nur uns, damit kann niemand etwas anfangen. – Aber vielleicht wir. Sie müssen wissen, wir sind offizielle stille Ermittler der Polizei. Aber psst!" Klara legte wie zu Beginn den Finger auf den Mund, nur, dass es diesmal nicht dem Fernsehkrimi galt, sondern dem eigenen Kriminalfall. „Und rechnen Sie damit, dass wir in den nächsten Tagen auf Sie zukommen. Ich muss aber zuerst noch über so einiges mal richtig nachdenken. Und danach unterstützen Sie uns bitte, ja?" Den letzten Satz hatte Klara so zuckersüß betont, wie sie den Besucher zuvor an der Haustür begrüßt hatte.

„Aber immer gern, Frau Schrupp", sagte Günter Butzbach.

11.

Klaras persönliche Notizen wurden immer umfangreicher, um dann in großen Teilen doch wieder gestrichen und durch neue ersetzt zu werden. Hinter ihren Augen blitzten wiederholt kleine Lichtpunkte auf, ein Zeichen, dass ihr Hirn überstrapaziert war. Dazu drehte sich in ihrem Kopf unentwegt ein Karussell: der *Brexit*, der englische Liebesbrief aus Colins Mäppchen, den ihr der Kommissar zwar nicht kopiert, aber der Pfarrer zum Glück übersetzt hatte. Wie schrieb dieses Mädchen darin: *Vergiss mich nicht, und wenn du unseren künftigen Wohnort gefunden hast, schick mir Fotos ...* Die vermutlich auf dem Handy des Toten waren, was aber nicht mehr da war, folgerte Klara. War das Mädchen ihm nachgereist? Hatten sie sich zerstritten, weil Colin ihr mitgeteilt hatte, er wolle alleine in Deutschland neu anfangen?

Dann dieses Zeug, das sie im Sonntagskrimi benutzt hatten – Klara hatte so etwas noch nie bewusst gesehen, doch sie war sofort hinauf in ihr Zimmer gelaufen und hatte es aufgeschrieben. Nun kreiste es in ihrem Kopf herum und verfolgte sie, weil sie es mit irgendetwas in Verbindung brachte, das ihr ebenfalls nicht einfallen wollte. Zu dumm aber auch, dass die grauen Zellen mit dem Alter derart nachließen!

Aber vor allem dieser junge Ausländer mit der bunten Kappe, der sich sowohl am Bahnhof als auch auf dem vorher geschossenen Foto in Colins Nähe aufgehalten hatte ...

„Klaaaraa!", rief der Pfarrer nun gewiss schon zum dritten Mal durchs Haus. „Ihr Wasserkessel ruft nach Ihnen. Wollten Sie uns nicht einen Tee kochen?"

„Dann nehmen Sie ihn vom Herd, verflixt! Kann der Mann vielleicht auch mal mitdenken?!" Doch sie war schon auf dem Weg nach unten. Er hatte recht, eine Tasse Tee würde ihr jetzt bestimmt guttun. Vermutlich wollte er sie damit sogar herbeilocken, um sie abzulenken, denn seit dem gestrigen Abend war sie kaum mehr ansprechbar.

„Machen Sie mir auch einen Tee, liebe Klara? Ich muss in meinem Büro ein längeres Telefongespräch führen. Frau Wischnewski steht zur Verfügung, wenn etwas ist."

Klaras Kinn waberte, als sie den Kopf schüttelte. „Was könnte ich von der denn wollen! Dann gehen Sie mal, Herr Pfarrer, ich bringe Ihnen eine Tasse Tee. Aber keinen schwarzen. Von mir bekommen Sie höchstens Pfefferminz oder Kamille."

Wieder nickte der Pfarrer und zog sich zurück.

Kurz darauf klingelte es mehrfach an der Haustür des Pfarrhauses. Natürlich war Klara sofort zur Stelle und wies Frau Wischnewski zurecht, die schon das Büro des Pfarrers durchquert hatte und den Kopf aus der Tür streckte.

„Ich mache schon auf, Sie müssen nicht so neugierig sein!"

„Entschuldigung, ich dachte, das wäre für uns", sagte die Sekretärin nur und wich bereits zurück.

„Was wissen Sie denn schon!" Klara konnte die Angestellte nun einmal nicht leiden, und wenn sich eine solche Einstellung erst in ihrem Kopf festgesetzt hatte, dann war es mehr als schwer, daran noch etwas zu ändern.

Klara öffnete die Haustür, und vor ihr stand eine Dame, die etwas jünger als sie selbst sein mochte, eine gepflegte Erscheinung, die ihr nicht unsympathisch war, zumal sie ein Hütchen trug, das dem ihren nicht unähnlich war. Allein der Regenschirm in ihrer Rechten befremdete sie, denn draußen war strahlender Sonnenschein.

„Ich möchte zum Herrn Pfarrer", sagte die Frau in leicht gebrochenem Deutsch. „Ich habe ihm etwas mitzuteilen!"

„Der Pfarrer ist nicht da", log Klara. „Aber können Sie mir das nicht auch sagen?"

Die Frau überlegte kurz und nickte knapp. „Das ist kein Problem. Ich kann Ihnen die Information auch geben."

Zufrieden bugsierte Klara die Besucherin am Pfarrbüro vorbei durch den langen Flur und schließlich ins Wohnzimmer. Freundlich bot sie der eigentümlichen Frau einen Platz an.

„Ich stehe lieber", sagte diese darauf nur.

„Wie Sie wollen", meinte Klara eingeschnappt und fügte wichtig hinzu: „Aber jetzt kommen Sie zur Sache! Der Pfarrer und ich haben heute einen vollen Terminkalender!"

„Nun, ich habe etwas beobachtet, Frau ...?"

Klara ging nicht auf den fragenden Blick ein und reagierte lieber mit einer Gegenfrage: „Wollen Sie sich nicht erst einmal vorstellen?"

„Mein Name ist Sabine Lukoschnick. Ich habe gehört, was letzte Woche am Bahnhof geschehen ist."

Klara wurde hellhörig. Sie brauchte gar nicht nachzufragen, denn die Besucherin fuhr bereits fort: „Ich weiß vielleicht, wer das war!"

Klara sah sie mit aufgerissenen Augen an. „Sie wissen, wer der Mörder ist?!"

„Ich weiß es", kam bedeutungsvoll und mit leichtem Lächeln die Antwort.

„Und, wer war es?", fragte Klara ungeduldig.

„Zwei Männer aus Syrien. Zwei Männer, ich kenne sie!"

Klara dachte gleich an die Typen vom Bahnhof, sie selbst hatte einen von ihnen ja schon im Visier. Passen würde das schon. Trotzdem musterte sie die Frau misstrauisch: Irgendetwas stimmte nicht mit ihr. Dann fiel ihr zum Glück ein, was sie als Ermittlerin noch unbedingt fragen musste: „Und warum erzählen Sie das mir und nicht der Polizei?"

„Ich war doch bei der Polizei. Aber die glauben mir nicht. Einer von den Polizisten hat den Namen vom Herrn Pfarrer genannt und gesagt, dass es ihn und seine Haushälterin vielleicht interessieren könnte. Dabei hat er aber gelacht!"

Gelacht! Dieses Wort erzürnte Klara zutiefst. Man machte sich also bei der Polizei über sie lustig! Zugleich war ihr Ehrgeiz geweckt. Denen würde sie es zeigen! Und der merkwürdigen Frau Lukoschnick würde sie nun umso genauer zuhören!

„Nun setzen Sie sich doch bitte", forderte sie den Gast deshalb auf.

„Nein, danke", blieb die Frau beharrlich und wandte sich auch schon zum Gehen.

„Aber Sie müssen mir doch jetzt auch alles erzählen!"

„Ich habe alles erzählt: Es waren die Syrer. Zwei Männer. Sie sind mit mir im Sprachkurs." Dann trippelte sie auch bereits an Klara vorbei in den Flur.

„Dann sagen Sie mir doch wenigstens, wo der Sprachkurs ist."

„Sie sind die Ermittlerin. Das müssen Sie schon selbst herausfinden!" Und viel schneller, als Klara es ihr zugetraut hätte, eilte die seltsame Frau durch den Flur, öffnete hektisch die Haustür und war mit einem höflichen „Auf Wiedersehen!" bereits verschwunden.

Klara stand nur da und rieb sich die Augen. „Was war das denn jetzt?!", rief sie verwundert und so laut, dass der Pfarrer aus seinem Büro kam.

„Nun, was ist los? Ich sehe Sie selten so mit offenem Mund dastehen wie heute, meine Liebe!"

Klara blieb nichts anderes übrig, als ihm von der merkwürdigen Besucherin zu berichten. Natürlich ließ sie auch nicht aus, was diese von der Polizei erzählt hatte.

„Das glaube ich noch nicht", sagte van Kerkhof nur. „So, wie Sie die Frau beschreiben, war sie doch ziemlich verwirrt."

„Aber die machen sich da über uns lustig!"

„Ich werde Kommissar Hartwichs darauf ansprechen", beruhigte sie der Pfarrer. „Und viel wichtiger ist doch sowieso der Hinweis, mit dem sie zu uns gekommen ist – wenn man denn überhaupt etwas darauf geben kann!"

Klara wollte noch etwas Heftiges erwidern, doch war van Kerkhof schon wieder weg.

„Nun warten Sie doch noch einen Moment", rief sie ihm nach. „Wir können das doch nicht einfach so auf uns sitzen lassen!"

„Später", rief er nur. „Ich habe jetzt eine Besprechung."

Wie wichtig der Herr sich nur wieder nahm! Klara hätte platzen können vor Wut. Doch wusste sie, dass sie hier vorerst kein Land gewinnen konnte, und so nahm sie eine Karaffe aus dem Kühlschrank, goss sich ein Glas vom guten Rhabarbersaft ein und dachte nach. Eine Minute später stand ihr Entschluss fest. Das köstliche Getränk hatte es noch immer vermocht, ihre alten Gehirnzellen zu Höchstleistungen anzuspornen.

Klara griff zum Telefonbuch und hatte sogleich den Hörer in der Hand ...

Als van Kerkhof zum Nachmittagskaffee in die Küche kam, fand er seine Haushälterin mit zufriedenem Gesichtsausdruck vor.

„Sie sehen aus, als hätten Sie etwas ausgebrütet?", fragte er voller Neugierde.

„Das kann man wohl sagen", antwortete Klara spitz. „Wenn Sie ja der Fall und insbesondere die Aussage der Zeugin nicht interessiert ... bei mir ist das anders!"

„Ich sage doch nur, dass ich nichts auf das Geschwätz von irgendwelchen Leuten geben kann, die wir noch nie gesehen haben. Was denken Sie, wer hinter dem Rücken eines Pfarrers alles schlecht über ihn redet! Mal war meine Predigt nicht gut, mal bin ich zu spät gekommen, um die Sterbesakramente zu spenden ..."

Normalerweise hätte Klara dies sicher als Steilvorlage genutzt, um ihm eine Breitseite zu verpassen, doch diesmal konnte van Kerkhof nur ziemlich verwundert dreinblicken, denn ihre Reaktion war ganz anders, als er sie erwartet hätte.

„Wie dem auch sei", sagte Klara nämlich ruhig und offenbar völlig abgeklärt. „Jedenfalls habe ich den Fall einen entscheidenden Schritt weitergebracht!"

„Sie verraten mir sicher auch, wie?"

„Natürlich tue ich das. Im Gegensatz zu Ihnen habe ich ja keine Heimlichkeiten zu verbergen!"

Auf diese Spitze ging nun der Pfarrer wieder nicht ein. „Dann lassen Sie es mich schon wissen", forderte er sie auf und biss ungeduldig in sein Stück Streuselkuchen.

„Nun, Herr Pfarrer, Ihre Klara weiß, wo die seltsame Frau zu finden ist! Ich habe sämtliche Sprachschulen hier in der Gegend abtelefoniert und bin fündig geworden. Bei einer ist tatsächlich eine gewisse Sabine Lukoschnick registriert!"

„Und das hat man Ihnen einfach so gesagt?" Der Pfarrer sah sie halb ehrfurchtsvoll, halb entsetzt an. „Sie werden doch nicht wieder einen Ihrer Tricks angewendet haben?"

„Also, wenn eine arme Frau, die aus Kasachstan kommt, ihre Schwester sucht, dann ist das wohl etwas anderes", lachte sie stolz.

„Wusste ich es doch! Und wie wollen Sie das den Leuten erklären? Oder hat man Ihnen die Adresse gegeben?"

„Das nicht. Mir war es auch so schon genug. Ich weiß ja, wo die Sprachschule ist. Da fahren wir hin und haben die beiden möglichen Täter gleich auf einen Schlag dabei! Die Frau sagte ja, dass sie bei ihr im Kurs sind!"

„Und was sagen Sie den Leuten, mit denen Sie telefoniert haben?"

„Für die bin ich natürlich wieder eine ganz andere. Nämlich die gute Klara Schrupp, die ihren Chef begleitet. Und der will sich vor Ort überzeugen, ob so ein Sprachkurs auch etwas für das ein oder andere seiner Schäfchen ist!"

„Ich staune immer wieder über Sie", sagte der Pfarrer, dem für einen Moment der Mund offen gestanden hatte.

„Das sollen Sie auch. Und danach werden wir Herrn Hartwichs gehörig den Marsch blasen!"

„Langsam, nur langsam", der Pfarrer machte eine entsprechende Handbewegung. „Noch wissen wir gar nichts!"

„Aber morgen", sagte Klara triumphierend. „Also, sind Sie dabei?"

„Was bleibt mir anderes übrig", antwortete der Pfarrer, und es sollte sich einfach nur resigniert anhören. In Wirklichkeit hatte ihn selbst längst die Neugierde gepackt, denn auch er wollte jetzt wissen, was es mit dem Hinweis der merkwürdigen Frau auf sich hatte. Und das angebliche Verhalten des Polizeibeamten ärgerte ihn ohnehin viel mehr, als er Klara gegenüber je zugegeben hätte.

12.

Am nächsten Nachmittag standen Klara und van Kerkhof vor dem Eingang der Sprachschule, die die eifrige Haushälterin recherchiert hatte.

„Wissen Sie denn überhaupt, ob die merkwürdige Frau jetzt auch da ist, meine Gute?"

„Natürlich weiß ich das. Ich hab doch extra gefragt, wann ihr Kurs ist!"

„Dann lassen Sie uns jetzt auch hineingehen. Die Tür ist ja offen."

„Aber wenn die mir da mit ihrem Allah kommen, gehe ich gleich wieder", sagte Klara und sah ängstlich zu drei farbigen Schülern, die auf dem Parkplatz eine Zigarette rauchten.

„Sie mit Ihren Vorurteilen", lachte van Kerkhof. „Meinen Sie, die Leute hätten nichts anderes zu tun, als andere Menschen bekehren zu wollen?"

„Was weiß denn ich? Man hört ja so einiges!"

„Es kommt darauf an, was man liest und wo man sich informiert!"

„Sie wissen ja mal wieder alles", entgegnete Klara böse und schob den Pfarrer nach vorn. „Nun gehen Sie schon!"

„Sie wollen mir ausnahmsweise einmal den Vortritt lassen?"

„Natürlich doch. Wissen Sie etwa nicht, wie die den Frauen gegenüber eingestellt sind? Haben Sie nicht gehört, was damals in Köln passiert ist?"

Da van Kerkhof nur verständnislos den Kopf schüttelte, fuhr Klara ihn wütend an: „Ja, ich weiß, die Frauen waren ein bisschen jünger als ich!"

„Ein bisschen", antwortete der Pfarrer trocken. „Höchstens fünf Jahrzehnte!"

„Das Letzte habe ich jetzt nicht verstanden, Herr Pfarrer. Hier ist so viel Betrieb ..."

Tatsächlich kam jetzt eine größere Gruppe von Menschen aus der Tür. Offenbar war gerade ein Kurs zu Ende gegangen.

„Ist auch egal", sagte van Kerkhof nur erleichtert und mit dem guten Gefühl, dass auf diese Weise ein erneuter Zank vermieden worden war.

„Und jetzt lassen Sie mal schön Ihre Vorurteile vor der Tür und kommen Sie mit!"

Der Pfarrer wollte noch mehrere junge Leute vorbeilassen, die durch die Tür kamen, doch bestanden diese darauf, ihm den Vortritt zu lassen.

Er bedankte sich höflich und trat durch die Tür, die ihm eine Frau mit langem Schleier offenhielt. Dabei raunte er Klara zu: „So viel zum Thema Höflichkeit! Ich weiß nicht, ob wir das bei deutschen Schülern so erlebt hätten."

Dann ging er auch schon die Treppe hinauf, dem Büro entgegen, das sich im ersten Stock befand.

„Nun machen Sie doch mal langsamer", keuchte Klara hinter ihm. „Eine alte Frau ist doch kein D-Zug!"

Van Kerkhof wartete einen Augenblick, bis sie sich erholt hatte, und streckte Klara dann seinen Arm entgegen. „Kommen Sie, dann geht es leichter!"

„Sie spinnen wohl, Herr Pfarrer!", wehrte Klara erzürnt ab. „Was sollen die Leute denken?"

Der Pfarrer drehte sich um und musste schmunzeln: So war sie nun einmal, seine erzkatholische Klara! Zum Glück waren es nur noch wenige Treppenstufen bis zu dem Flur, in dem die Sprachschule ansässig war.

Als sie endlich oben waren, kam ihnen ein alter Bekannter entgegen.

„Herr Pfarrer, Sie hier?" Es war Arasch, der übers ganze Gesicht strahlte.

„Und Sie ebenfalls?", freute sich van Kerkhof und reichte ihm die Hand. „Ich dachte, Sie sind längst fertig mit der Sprachschule?"

„Bin ich auch. Aber durfte ich mir heute mein Zeugnis abholen! Und bis das fertig war, hat sehr lange gedauert!" Er schwenkte einen großen Umschlag. „Alles bestanden mit der Note ‚gut'!"

„Noch einmal herzlichen Glückwunsch von uns beiden! Nicht wahr, meine Liebe?"

Klara gab dem Iraner ebenfalls die Hand, etwas beschämt und nicht ohne vorher mit abgewandtem Gesicht zu murmeln: „Ach ja, den Jungen wollte ich ja auch noch bekochen!"

„Wenn ich nur einmal fragen darf, was tun Sie beide hier? Kann ich Ihnen behilflich sein?", fragte Arasch für Klaras Verhältnisse deutlich zu neugierig.

Deshalb beeilte sie sich auch, ihm eine Antwort zu geben: „Der Herr Pfarrer sucht einen geeigneten Sprachkurs für Leute aus unserer Pfarrei, und da wurde ihm diese Schule empfohlen."

„Das stimmt nicht ganz", widersprach van Kerkhof zum Erstaunen seiner Haushälterin. „Ich denke, Arasch gegenüber dürfen wir ehrlich sein. Immerhin haben wir ihm neulich schon einmal etwas sehr Wichtiges anvertraut." Ohne auf Klaras Reaktion zu achten, wandte er sich dem sichtlich verwirrten jungen Mann zu und klärte ihn über das Ziel ihrer Mission auf.

Arasch hörte aufmerksam zu und fragte, als van Kerkhof geendet hatte, nur nach dem Namen der gesuchten Frau.

„Sabine Lukoschnick heißt sie", verriet der Pfarrer sofort, ohne auf die Stöße in seine Rippen zu achten, die Klara ihm in immer kürzeren Abständen versetzte.

Arasch musste zu ihrer beider Überraschung plötzlich grinsen.

„Warum lachen Sie so blöd, Herr Arasch?", ging Klara ihn scharf an.

„Entschuldigen Sie, dass ich gelacht habe." Schuldbewusst hielt sich Arasch den Mund zu. „Aber ich kenne die Frau."

„Nun sagen Sie schon, was ist los mit ihr?", setzte Klara nach.

„Darf man nicht schlecht über andere Menschen reden", gab sich Arasch zurückhaltend.

„Das müssen Sie auch nicht, mein Lieber", mischte sich der Pfarrer ein. „Aber jetzt, wo Sie uns schon neugierig gemacht haben ..."

„Gut, Ihnen werde ich es erzählen. Aber nur, wenn Sie deshalb nicht böse von mir denken!"

„Das werde ich ganz bestimmt nicht, lieber Arasch", beruhigte van Kerkhof den Jungen. „Also, was ist los mit der Frau?"

„Nun ... Frau Lukoschnick ... also auf Deutsch würde man sagen, sie hat nur noch wenige Tassen im Schrank."

„Nicht alle Tassen im Schrank, heißt das!", warf Klara ein.

„Wir wissen doch, was gemeint ist", entschuldigte sich van Kerkhof für sie. „Aber weiter: Sie meinen also, dass die gute Frau geistig nicht ganz auf der Höhe ist?"

„Ist sie", nickte Arasch. „Auf sehr geringer Höhe."

„Und woher wissen Sie das?"

„Wenn jemand mit Tauben spricht und die ganze Zeit russisch mit sich redet, dann ist er wohl ein bisschen durcheinander."

„Davon habe ich aber nichts gemerkt", warf Klara ein.

„Sie kann auch normal sein. Einmal so und einmal so!", sagte Arasch.

„Jedenfalls erklärt dies einiges", folgerte van Kerkhof. „Auch das, was die Polizisten gesagt haben. Indem sie die Frau zu uns geschickt haben, wollten sie uns wohl einen Streich spielen."

„Sie sind ja schnell fertig, Herr Pfarrer!", schnaubte Klara. „Und was ist mit den zwei Männern, die den Mord begangen haben?"

„Begangen haben sollen", verbesserte der Pfarrer sie.

„Die Männer kann Frau Lukoschnick nicht leiden", schaltete sich jetzt erklärend der Iraner ein. „Sie mag keine Muslime."

„Deshalb können sie trotzdem die Täter sein!" Klara gab sich noch längst nicht geschlagen.

„Das sehe ich aber ganz anders", widersprach van Kerkhof. „Ob wir wirklich noch in die Schule gehen sollen?"

„Jetzt, wo wir schon einmal hier sind, ganz bestimmt. Sie werden doch wohl nicht kneifen!"

Van Kerkhof überlegte kurz, dann nickte er: „Okay, dann gehen wir hinein."

„Gibt es noch etwas, was wir über Frau Lukoschnick wissen sollten?", fragte er den jungen Iraner.

„Sie werden sie selbst erleben. Ich möchte nicht mehr sagen!"

Van Kerkhof bedankte sich bei Arasch, gab ihm zum Abschied die Hand und stieß energisch die Tür zur Schule auf.

Das Büro war schon ausgeschildert. Nun fasste Klara all ihren Mut zusammen und tischte zwei jungen Damen, die an ihren Computern saßen, ihre Geschichte auf.

„Das ist sicher kein Problem", meinte eine der beiden und stand auch schon auf, um sie zu einer Klasse zu führen.

„Frau Lukoschnick hat uns übrigens Ihre Schule empfohlen", meinte Klara unterwegs.

Ein leichtes Lächeln flog über das Gesicht der Sekretärin. „Das wundert mich aber sehr!" Da sie bereits eine Tür öffnete, war keine Zeit mehr für eine Nachfrage: „Hier ist der Kurs von Frau Lukoschnick. Wenn, dann wollen Sie doch sicher auch ihre Klasse besuchen?"

„Das ist ganz in unserem Sinne", sagte Klara schwülstig, wartete, bis die Frau durch die Türe war, und schob dann den Pfarrer hinein.

„Hier ist Besuch für Sie", sagte die Sekretärin freundlich. Zwanzig Köpfe wandten sich Klara und dem Pfarrer zu.

„Das ist aber eine schöne Überraschung!", rief ein Mann, der Ende fünfzig war und ganz anders aussah, als Klara sich einen Flüchtling vorgestellt hatte. Er war klein, dick und lachte über das ganze Gesicht.

Der Dozent, ein junger Mann in den Dreißigern, sah die beiden Neuankömmlinge fragend an.

„Das sind Pfarrer van Kerkhof und seine Haushälterin", stellte die Sekretärin sie vor. „Sie wollen sich einmal unseren Unterricht ansehen, denn sie haben Leute in ihrer Pfarrei, die vielleicht zu uns stoßen möchten."

Sofort ging ein Finger in die Höhe: „Was heißt ‚zu uns stoßen'?" Ein junger Mann sah den Lehrer fragend an.

„Das heißt, dass vielleicht jemand neu zu uns kommt", klärte der ihn auf. Der Dozent wies den Gästen einen Platz zu, und die Sekretärin verabschiedete sich.

„Nun hoffen wir mal, dass es Ihnen bei uns gefällt!", sagte der Lehrer in Richtung der beiden Besucher, als die Dame verschwunden war.

„Das glaube ich nicht", raunte Klara dem Pfarrer so leise zu, dass es niemand hören konnte. „Gucken Sie mal, was für düstere Gestalten hier sitzen." Sie blickte in die Runde und zählte elf Frauen, zum Teil mit Kopftuch, und neun Männer, von denen die meisten dunkelhäutig waren und pechschwarze Haare hatten.

Der Lehrer verstand ihren Blick als Aufforderung, seine Schüler sich einzeln vorstellen zu lassen. „In der Prüfung müssen Sie das auch, deshalb ist es eine gute Übung."

Einer nach dem anderen nannte ihnen nun sein Alter und sein Heimatland. Es stellte sich heraus, dass der dicke Mann mit Abstand der älteste Teilnehmer war. Er war zuletzt an der Reihe: „Heiße ich Ahmad!"

„Ich heiße Ahmad", wurde er vom Lehrer unterbrochen.

„Ich heiße Ahmad und komme aus Syrien. Bin ich 63 Jahre alt und suche schöne deutsche Frau!"

Alles lachte plötzlich und auch der Pfarrer musste einstimmen. Nur Klara machte ein böses Gesicht.

„Da hören Sie es", flüsterte sie van Kerkhof zu.

„Du wirst so bestimmt keine Frau finden", sagte eine hübsche Südländerin, die als eine der wenigen im westlichen Stil gekleidet war. Van Kerkhof meinte sich zu erinnern, dass sie aus Brasilien kam.

„Was weißt du schon?", erwiderte Ahmad. „So, wie ich aussehe, nimmt mich jede Frau!" Er strich lachend über seinen dicken Bauch.

„Du hast ja schon vier Frauen zu Hause!", meldete sich grinsend ein etwa vierzigjähriger Mann aus Russland zu Wort. „Das muss doch reichen!"

„Ahmad und Amelia beharken sich ständig." – Der Lehrer stand plötzlich neben Klara. Offenbar hatte er sich durch ihren verstörten Gesichtsausdruck zu einer Erklärung genötigt gefühlt. „Natürlich ist das nur Spaß", flüsterte er. „Ahmad ist ein treu sorgender Familienvater, der jeden Cent, den er entbehren kann, zu seiner Frau nach Syrien schickt. Amelia ist eine temperamentvolle und emanzipierte junge Dame, die leider immer wieder auf seine Sprüche hereinfällt."

„Ein lustiges Gespann", warf der Pfarrer ein, der die Worte mitgehört hatte. Klara nickte nur stumm.

„Aber vier Frauen ist nicht genug", machte Ahmad unterdessen weiter. „Ich möchte noch eine schöne deutsche Frau, zwei Meter groß und mit langen, blonden Haaren!"

„Dann musst du dich aber auf eine Leiter stellen", kommentierte Amelia aufgeregt und brachte damit alle anderen zum Lachen.

„Ist mir egal, nehme ich eben Leiter, um sie zu küssen", meinte Ahmad nur verschmitzt. „Ich werde sie verwöhnen mit teuren Kleidern und gutem Essen!"

„Bestimmt Schafskopf", warf der Russe wieder trocken ein.

„Schafskopf ist Delikatesse bei uns. Richtig, werde ich ihr geben jeden Tag Schafskopf!"

Amelia brachten diese Worte regelrecht auf die Palme: „Pfui Teufel, jetzt fang nicht schon wieder damit an. Schafskopf ... mir wird schlecht!"

„Hast du noch nicht probiert, schmeckt lecker!" Ahmad rieb sich bei diesen Worten den Bauch.

„Will ich auch nicht probieren!" Amelia schüttelte erzürnt den Kopf.

„Und dazu eine gute Flasche Wein, was?", stichelte der Russe wieder.

„Ich bin ein Moslem und saufe keinen Wodka wie du!", regte sich nun Ahmad künstlich auf. Sein Gesichtsausdruck verriet, dass er die Absicht, ihn auf den Arm zu nehmen, durchaus verstanden hatte.

„Aber du trinkst doch Alkohol, oder?"

„Das braucht mein Gott nicht zu wissen", antwortete Ahmad diplomatisch grinsend in Richtung des russischen Klassenkameraden.

„Das stimmt, Gott muss nicht alles wissen", ging nun der Lehrer dazwischen. „Jeder Mensch braucht seine Geheimnisse."

Ahmad nickte zufrieden, während sich alle anderen mehr oder weniger heimlich zulachten. Offenbar kannten sie diese Art von Wortgefechten zur Genüge.

„Jetzt wollen Sie aber doch sicher wissen, wer unsere Gäste sind?", versuchte der Dozent geschickt eine Fortsetzung der Diskussion zu verhindern. „Vielleicht stellen Sie sich einmal etwas genauer vor?" Er blickte Klara und van Kerkhof aufmunternd an.

„Sollen wir das wirklich tun?", flüsterte Klara dem Pfarrer kleinlaut zu. „Mir ist hier ganz mulmig zumute!"

Statt ihr eine Antwort zu geben, ergriff van Kerkhof einfach das Wort und teilte den Leuten das Nötigste über sich und seine Haushälterin mit.

„Ein Pfarrer, das ist gut!", rief der dicke Syrer fröhlich. „Wer Gott dient, der ist ein guter Mensch!"

„Aber das ist doch ein anderer Gott als deiner", warf Amelia ein.

„Ach was", sagte Ahmad nur. „Gott ist Gott. Und Hauptsache ist, man glaubt an ihn!"

Klara versuchte, ihr Erstaunen zu verbergen, und sie genoss die Erleichterung, die plötzlich in ihr aufstieg. Vielleicht würden sie doch noch einmal lebendig hier herauskommen!

Der Dozent drängte nun, endlich im Stoff fortzufahren, was ihm auch mehr oder weniger gut gelang. Der Pfarrer nutzte die Verschnaufpause zu einer leisen Bemerkung an Klaras Adresse: „Da haben Sie's gehört. Sehr gut, dass Sie heute mit hier sind!"

Klara verzog nur grimmig das Gesicht, konnte aber insgeheim nicht anders, als ihm Recht zu geben. Zum Glück fiel ihr in diesem Moment etwas ganz anderes ein, das sie rasch an die Stelle einer Erwiderung setzte: „Frau Lukoschnick ist gar nicht da. Ich habe das gleich bemerkt. Ist Ihnen das etwa nicht aufgefallen?"

„Wie denn, ich kenne sie ja nicht."

„Sie ist jedenfalls nicht da!"

„Da sehen Sie mal, die Frau hat Sie angeschmiert."

„Sollen wir denn wieder gehen?"

„Ein bisschen müssen wir schon noch bleiben, meine Gute. Sonst fallen wir auf."

Klara widersprach nicht und ergab sich in ihr Schicksal. Was der Lehrer da vorne an der Tafel erklärte, verstand sie nicht und es interessierte sie auch nicht: Sie war ihr Leben lang der Meinung gewesen, dass ihr Deutsch auch ohne spitzfindige Grammatikregeln auskam.

Dem Pfarrer schien es anders zu gehen, der lauschte recht gebannt den Ausführungen des jungen Mannes. Aber dies war für sie auch logisch: Van Kerkhof konnte hier im Gegensatz zu ihr noch eine Menge lernen!

Fünfzehn Minuten später wurde ihre Langeweile dann endlich beendet. Die Tür öffnete sich langsam und herein kam ... Frau Lukoschnick!

„Da ist sie, Herr Pfarrer!", zischte Klara.

Van Kerkhof nickte nur und betrachtete interessiert die ältere Dame, die selbstbewusst in die Klasse stolzierte. Sie setzte sich auf einen Platz am Fenster, der aber etwas weiter entfernt von den anderen Schülern war.

„Liebe Frau Lukoschnick, Sie sind schon wieder spät dran", sagte der Lehrer, „was haben Sie dieses Mal zu Ihrer Entschuldigung vorzubringen?"

„Ich hatte wichtige Dinge zu erledigen", antwortete die Frau. „Der frühe Vogel fängt den Wurm!"

Der Pfarrer sah, wie sich einige der Teilnehmer verschämt zugrinsten. Plötzlich war Ahmad, der dicke Syrer, neben ihm. „Ist ein bisschen verrückt, die Frau", raunte er van Kerkhof leise zu. „Erzählt immer komische Sachen. Aber darf man nichts sagen. Ist alt und wir müssen Respekt haben." Der Pfarrer nickte nur, und der Syrer ging wieder rasch zu seinem Platz.

„Ich nehme an, Ahmad hat Sie ins Bild gesetzt?", fragte lächelnd der Dozent.

„Hat er", sagte van Kerkhof mit einem wissenden Lächeln.

„Was hat der Kerl denn gesagt?", wollte Klara jetzt leise wissen.

„Dass Ihre Zeugin verrückt ist."

„Blödsinn!" Mit diesem Wort zog Klara sich wieder zurück.

Leider konnten sich die beiden Besucher in den nächsten Minuten davon überzeugen, dass Ahmad mit seiner Einschätzung wohl nicht ganz danebenlag. In leisen Phasen des Unterrichts hörte man Frau Lukoschnick lautstark reden. Offenbar führte sie Selbstgespräche.

Trotzdem schien sie im Stoff gut mitzukommen. Wenn der Lehrer sie ansprach, gab sie stets die richtige Antwort und garnierte sie jedes Mal mit einer deutschen Redensart wie „Ohne Fleiß kein Preis" oder „Das Glück gebührt dem Tüchtigen".

Van Kerkhof tat sich bei solchen Kommentaren schwer, ein Lachen zu unterdrücken, und er musste sich schon mit Nachdruck auf seinen geistlichen Stand besinnen, der ihm eine solche Reaktion doch ganz und gar verbot.

Bei Klara löste das merkwürdige Verhalten der Frau ganz andere Gefühle aus. „Die ist mir unheimlich, Herr Pfarrer", sagte sie irgendwann leise. „Bitte lassen Sie uns bald gehen!"

„Sie wollten doch die Mörder festnehmen", meinte van Kerkhof mit genüsslicher Miene.

„Hier gibt es keine Mörder", gab Klara zu. „Und gucken Sie doch mal, wie höflich die Leute sind! Kaum einer lacht, nur diese Frau aus der Südsee." Tatsächlich hielt sich Amelia immer mit beiden Händen den Mund zu, wenn Frau Lukoschnick wieder eines ihrer Sprichwörter zum Besten gab. Zum Glück dauerte es nicht mehr lange, bis der Lehrer eine Pause ankündigte.

Klara und van Kerkhof standen auf und wurden auf dem Weg zur Tür von Frau Lukoschnick angehalten. „Gut, dass Sie da sind!", sagte sie freudestrahlend. „Ich habe Sie gar nicht gesehen."

„Sie waren so vertieft in Ihre Studien", meinte Klara nur.

„Wer rastet, der rostet", gab die Frau stolz zur Antwort. Dann ging sie, ohne weiter auf die beiden Besucher zu achten, zur Tafel und frisierte sich sorgfältig.

„Sehen Sie doch mal", prustete Amelia neben ihnen plötzlich los. „Sie guckt in die Tafel und macht sich schön. Nur ist kein Spiegel drin!"

„Für sie wahrscheinlich schon", antwortete der Pfarrer lächelnd und ließ sich von Klara weiter zur Tür schieben.

Der Lehrer gab ihnen zum Abschied die Hand: „Und? Hat es Ihnen bei uns gefallen? Wir sind doch ein lustiger Haufen!"

„Das sind Sie", sagte van Kerkhof freundlich, während er Frau Lukoschnick beobachtete, die sich immer noch ausführlich frisierte und angestrengt auf die Tafel sah.

„Ja, ich weiß", sagte der junge Lehrer, der seinem Blick gefolgt war. „Unsere Frau Lukoschnick ist etwas eigenartig. Geht wahrscheinlich in Richtung Schizophrenie. Mal ist sie völlig normal und dann wieder so. Sie kommt meistens zu spät, weil sie in der Stadt noch mit den Tauben sprechen muss. Und besonders wohl fühlt sie sich bei uns sowieso nicht. Sie mag keine Ausländer."

„Aber sie ist doch selbst eine", warf Klara mit fragenden Augen ein.

„Sie hält sich für eine Deutsche. Eine Ur-Deutsche gewissermaßen. Sie fühlt sich berufen, ihr deutsches Vaterland zu schützen. Besonders für Flüchtlinge aus Syrien hat sie manchmal nur üble Schimpfwörter übrig, die akzeptiert sie gar nicht. Schon mehr als einmal hat sie versucht, diese Leute anzuschwärzen. Gerade Ahmad in seiner spaßigen Art – und einen Freund von ihm, der heute nicht da ist, hat sie ständig auf dem Kieker. Mal sollen sie dies, mal jenes gemacht haben."

„Dann ist mir jetzt alles klar", sagte der Pfarrer und machte keine Anstalten, auf den erstaunten Blick des Lehrers zu reagieren. „Kommen Sie, Klara, wir haben genug gesehen!"

„Ich hoffe, der Auftritt von Frau Lukoschnick hat Ihren positiven Eindruck nicht geschmälert", schob der Lehrer fast ängstlich nach.

„Keineswegs", sagte der Pfarrer lächelnd. „Ich glaube, das hier ist eine gute Schule mit sehr netten Schülern und einem sehr fähigen Lehrer. Das meinen Sie doch auch, Klara?" Er stieß seine

Haushälterin unbemerkt in die Seite, denn sie konnte den Blick kaum von der merkwürdigen Frau an der Tafel abwenden.

„Natürlich doch, natürlich", sagte Klara aufgeschreckt.

„Darf ich Ihnen zum Abschied die Hand geben?" Ahmad hatte sich neben sie gedrängt.

„Aber sicher doch, mein Lieber!", sagte van Kerkhof und reichte ihm die Hand.

„Sie sind gute Menschen, das sehe ich", erklärte der Syrer lachend. Unaufgefordert schüttelte er auch Klaras Rechte heftig, und die resolute Haushälterin ließ es sich ohne Widerspruch gefallen.

„Grüßen Sie Ihre vier Frauen herzlich", sagte sie augenzwinkernd zu dem Mann, der sich jetzt vor Lachen fast bog. „Alles nur Spaß, liebe Frau. Alles nur Spaß. Habe ich herrliche Gattin und brauche ich keine anderen." Noch immer lachend reckte er sich dann zum Ohr des Pfarrers und sagte leise: „Außerdem sie würde mich töten, wenn ich andere hätte!"

Van Kerkhof konnte angesichts dieses drolligen Auftritts ein breites Grinsen nicht unterdrücken. Hinzu kam, dass er sich in diesem Augenblick unwillkürlich eine Frau im fernen Syrien vorstellte, die eine gewaltige Ähnlichkeit mit seiner Klara hatte, nur vielleicht noch etwas kräftiger gebaut war. Wie gut, dass es das Zölibat gab, dachte er in diesem Moment glücklich. Da blieb ihm doch so einiges erspart – und er hatte nun wirklich schon genug mit einer Perle zu tun, die doch nur seine Haushälterin war!

Endlich hatten sich die beiden Besucher losgeeist – nachdem van Kerkhof dem dicken Syrer noch hatte versprechen müssen, dass er ihn jederzeit in der Kirche besuchen könne, und sie der Sekretärin, die ihnen im Flur noch einmal über den Weg gelaufen war, versichert hatten, dass sie die Schule auf jeden Fall weiterempfehlen würden.

„Was war das jetzt, Herr Pfarrer?" Klara schüttelte sich, als sie draußen standen.

„Einen Schuss in den Kamin nennt man das wohl!", gab van Kerkhof ihr nur zur Antwort.

„In den Ofen heißt das", korrigierte Klara. Sie wollte gerade noch etwas hinzufügen, als die Tür der Schule von innen geöffnet wurde. Frau Lukoschnick stolzierte hindurch.

„Was haben Sie mir denn für einen Quatsch erzählt?", wurde sie von Klara angefahren.

„Fangen Sie lieber die zwei Mörder", meinte die Dame spitz und schritt an ihnen vorbei.

„Haben Sie denn schon Schluss?", wollte der Pfarrer noch wissen.

„Ich muss gehen", antwortete die Frau mit frohem Gesichtsausdruck. „Müßiggang ist aller Laster Anfang!" Dann trippelte sie auch schon davon und verschwand um die nächste Ecke.

„So etwas habe ich auch noch nicht erlebt!", empörte sich Klara.

„Wie würde Ihre wichtige Zeugin jetzt sagen? ‚Man lernt nie aus'!"

Selbst der böse Blick seiner Haushälterin konnte ihn in diesem Augenblick nicht davon abhalten, lauthals loszulachen.

„Wenn Sie wieder ansprechbar sind, dann lassen Sie mich das wissen!", giftete Klara, der alles andere als zum Lachen zumute war. Doch van Kerkhof sah ihr an, dass ihr etwas durch den Kopf ging, das sie augenblicklich versöhnte.

„Da wir mit dem Auto unterwegs sind und Sie noch dazu so gut gelaunt, können wir jetzt meinen Gutschein im Kaufhaus einlösen."

„Na gut, Klara, ich lasse Sie dort aussteigen ..."

„Nichts da! Sie sind der Glückspilz. Sie brauchen ein neues Sakko und schwarze Schuhe."

„Oh bitte, verschonen Sie mich mit Einkäufen, liebe Klara!" Van Kerkhof hob beide Hände, als werde er mit einer Waffe bedroht.

„Wenn Sie vorn im Altarraum stehen, sehen Ihre Schuhe aus, als würden sie den Leuten die Zunge rausstrecken! Das Oberleder löst sich von den Sohlen, da guckt die Einlegsohle schon raus. – Nein, keine Widerrede. Ein neues schwarzes Sakko brauchen Sie auch. Ein Pfarrer mit Speckschwarte auf den Schultern! Das fällt alles auf mich zurück. Jetzt seien Sie mal froh, dass ich gewonnen habe, Ihren Geldbeutel brauchen wir gar nicht."

Und so wurde der Pfarrer noch am selben Tag mit diesen notwendigen Dingen neu eingekleidet. Zusätzlich forderte Klara, dass er sie in die Geschäfte begleitete, auf welche die restlichen Quittungen des Kommissars hinwiesen.

„Wir müssen da lang, da hat der Junge die Isolierflasche gekauft. Und gleich da drüben das Halstuch und den Gürtel."

Natürlich legte Klara auch in diesen Geschäften das Foto des Ermordeten vor, und auch dort erinnerten sich attraktive junge Frauen sofort an den schönen blonden Engländer. Doch angeblich gab es darüber hinaus keinen weiteren Kontakt mehr.

„Wenn die Gören mal alle ehrlich sind", murmelte Klara auf der Heimfahrt. „Jetzt fahren Sie ruhig ein bisschen schneller, Herr Pfarrer! Sie haben gleich eine Besprechung mit Ihrem evangelischen Kollegen."

„Ach, das ist heute?"

„Sie haben es jedenfalls für heute eingetragen. Wenn man mal fragen darf: Was gibt es denn mit Pfarrer Tiedgen zu bereden? Wollen Sie wieder gemeinsame Sache machen mit so einem ökumenischen Gottesdienst?" Ihr Stimmfall enthielt nicht die geringste Begeisterung.

„So ist es, liebe Klara. Und Sie sind herzlich dazu eingeladen."

„Ich muss erst mal im Kalender sehen, ob ich dann überhaupt kann!"

13.

Herr Pfarrer, Herr Pfarrer!" Klara war völlig aus dem Häuschen und brüllte durch das Pfarrhaus, was das Zeug hielt. Sofort öffnete sich die Bürotür und van Kerkhof stürmte heraus. „Aber was ist denn, meine Liebe? Sie schreien ja, als wären Sie von der Tarantel gebissen worden!"

„Gestochen heißt das!", keuchte Klara, als sie ihm mit dem Küchenkalender entgegenlief.

Van Kerkhof schüttelte den Kopf. Es musste schon etwas Außergewöhnliches passiert sein, wenn sie den Kalender einfach von der Wand gerissen hatte.

„Hier steht es, Herr Pfarrer!", rief sie noch immer völlig außer sich. „Die Holländer kommen. Und zwar schon an diesem Wochenende!"

„Das wussten wir doch!" Van Kerkhof zuckte mit den Achseln. „Das steht da schon ewig."

„Wie? Sie wussten das etwa und haben mir nichts gesagt?", regte Klara sich auf.

„Natürlich wusste ich es. Und Sie wussten es auch. Wir haben doch lange und breit darüber geredet."

„Das schon, aber dass es so bald ist ...""

„Dafür hat man ja einen Kalender!", entgegnete der Pfarrer wieder nur schulterzuckend.

„Aber warum haben Sie nichts gesagt?"

„Ich sage ja: Wir wussten es doch! Außerdem waren wir so mit den Mordermittlungen beschäftigt, dass ...""

„... dass es ganz untergegangen ist", seufzte Klara und ließ sich schwer auf die kleine Telefonbank im Flur sinken.

„Das wird wohl so sein, und bisher leider ohne Erfolg. Aber nun regen Sie sich doch nicht auf. Es ist ja nur für eine Nacht. Und einige meiner Geschwister können ja sowieso nicht kommen."

Zaghaft sah Klara zu ihm auf: „Und wie viele sind es jetzt noch?"

„Höchstens fünfzehn Leute."

Wie von einer unsichtbaren Feder getrieben schnellte Klara von der Bank auf. „Was?! Fünfzehn Leute? Und da sagen Sie höchstens?"

„Nun schreien Sie doch nicht schon wieder." Van Kerkhof machte eine entsprechende Handbewegung. „Fünfzehn Leute – das ist bei meiner großen Verwandtschaft nicht viel. Sie wissen, ich habe neun Geschwister. Und die haben Sie alle schon kennengelernt."

„Ich weiß", Klara benutzte ihre Finger, „den Wim, den Mats, den Cor, den Jan und den Johann. Und Ihre Schwestern Edda, Frida, Mia und Enie."

„Sie haben sich das gut gemerkt, meine Liebe", lachte der Pfarrer. „Aber Mats ist zu alt, er traut sich die Reise nicht mehr zu, und Mia ist vor dreißig Jahren mit ihrem Mann nach Australien ausgewandert. Das wäre ein bisschen zu weit."

„Wie unser toter Colin", sagte Klara gedankenverloren. „Der wollte auch auswandern, hierher zu uns ..." Doch gleich tauchte sie wieder in den Moment ein und atmete erleichtert auf. „Gott sei Dank, dann sind es nur noch sieben, und die kommen dann mit Kind und Kegel?"

„Höchstens mit den Ehepartnern. Aber Frida ist nicht verheiratet – und die Frau von Cor ist schon früh gestorben. Dafür kommen zwei Neffen mit ... als Fahrer."

„Oh Gott, dann sind es doch wieder ... nein, ich habe den Überblick verloren!" Klara schlug die Hände über dem Kopf zusammen.

„Das macht auch nichts. Alles Zählen nutzt da nichts – meine Familie ist sehr spontan! Es können auch ein paar mehr oder weniger sein."

„Hätte man das Sippentreffen nicht in Holland machen können?", stöhnte Klara.

„Da war es in den letzten Jahren immer, Sie waren ja dabei! Meine Geschwister wollen endlich mal wieder nach Limburg kommen, das ist durch den Vorgänger unseres jetzigen Bischofs ja ziemlich berühmt geworden. Wim, dieser lustige Vogel, sagte am Telefon, dass er unbedingt mal die berühmte *Pizza Bischof* essen will, die ein schlauer Italiener während des Skandals kreiert hat. Jan und Enie sind übrigens gerade auf der Durchreise in den Urlaub. Für sie brauchen Sie schon mal keine Betten zu richten. Sie kommen mit dem Wohnmobil."

„Klar, sind ja Holländer."

„Eben, wir sind ein mobiles Völkchen", lachte der Pfarrer.

„Und wo bringen wir die anderen unter? Ein Gästezimmer haben wir nicht mehr, und die Rumpelkammer, die früher mal eins war, reicht höchstens für die zwei Neffen, die sich noch verbiegen können."

„Keine Sorge, Klara, meine Geschwister sind nicht verwöhnt. Sie bringen sich Schlafsäcke mit und übernachten irgendwo im Haus."

„Wie die Zigeuner", begann Klara sich erneut aufzuregen.

„Zigeuner sind eben einfallsreiche Leute", antwortete der Pfarrer diplomatisch.

Klara sparte sich eine Erwiderung. „Aber das geht doch nicht! Wir können die Leute doch nicht auf dem Boden schlafen lassen!"

„Das ist wirklich kein Problem, meine Liebe. Und wir haben da ja auch noch die ein oder andere Couch."

„Dann muss ich mal überlegen ... Aber was mir jetzt die größte Sorge macht – wie bewirte ich so viele Leute?"

„Wir können Pizza bestellen! Wie gesagt, mein Bruder ..."

„Das kommt gar nicht infrage, Herr Pfarrer!", wurde er von Klara unterbrochen. „Meinen Sie, ich wollte mir nachsagen lassen, dass ich keine lächerlichen fünfzehn Leute satt bekommen hätte?"

„Aber bitte keinen großen Aufwand. Und vielleicht kann uns Frau Wischnewski ja helfen?"

„Ach, die aufgeplusterte Pute. Die lassen wir mal schön da raus!"

„Sie sind viel zu streng mit ihr, meine Liebe! Frau Wischnewski ist wirklich sehr hilfsbereit. Ich frage sie gerade mal!"

Ehe Klara sich versah, rief van Kerkhof auch schon den Namen seiner Sekretärin.

„Was soll das denn, Herr Pfarrer? Ich habe doch gesagt, die brauchen wir nicht!"

Aber es war zu spät – Frau Wischnewski kam bereits aus ihrem Büro herangestöckelt. „Sie brauchen meine Hilfe, Herr Pfarrer?"

„Ich ... äh ..." – van Kerkhof spürte einen kräftigen Tritt gegen die Wade, fasste sich aber rasch wieder. „Frau Schrupp ... vielmehr braucht sie Ihre Hilfe!"

„Brauche ich nicht", winkte Klara energisch ab. Und um vom Thema abzulenken, nahm sie gleich einen Angriffspunkt ins Visier, der ihr schon seit dem Morgen ein Dorn im Auge war. „Was haben Sie denn da für einen kurzen Rock an, Frau Wischnewski?"

Peinlich berührt sah die Angesprochene an sich hinunter. „Mein Mann sagte, ich könne ihn tragen", antwortete sie verunsichert.

„Man sieht ja fast Ihre ganzen Beine", schob Klara nach.

„Meinem Mann gefallen meine Beine ..." Der Tonfall von Frau Wischnewski klang nun leicht säuerlich.

„Aber mir nicht!" Klara ließ sich etwas Zeit, bis sie die alles vernichtende Giftspritze setzte: „Zu dick!"

Diesmal war es der Pfarrer, dessen Fuß in Richtung Klara ausholte, während Frau Wischnewski zunächst nur der Mund offen stand. „Dann werde ich hier wohl erst mal nicht mehr gebraucht", sagte sie nur, als sie die Fassung halbwegs wiedererlangt hatte und sich beleidigt umdrehte. „Im Büro wartet jede Menge Arbeit auf mich, Sie entschuldigen mich!"

„Was haben Sie nur getan?", herrschte van Kerkhof Klara an, als die Sekretärin im Büro verschwunden war. „Haben Sie nicht gemerkt, dass sie fast geweint hat?"

„Ach was, das kann die schon verkraften", lachte Klara triumphierend. „Und jetzt entschuldigen Sie mich bitte, in der Küche wartet jede Menge Arbeit auf mich!" Den Tonfall von Frau Wischnewski nachahmend, verschwand sie auch schon um die Ecke in ihr ureigenes Hoheitsgebiet.

Die nächsten Tage vergingen in emsiger Vorbereitung auf den bevorstehenden Besuch. Der Pfarrer musste sich notgedrungen mit weiteren Maßregelungen zurückhalten, denn Klara kostete den Umstand, dass er nun absolut auf sie angewiesen war, natürlich weidlich aus. Sie wusste, dass sein Groll sich in Luft auflösen würde, wenn sie es seinem Besuch erst so richtig gemütlich gemacht hätte. Unterdessen verlegte sich der Pfarrer darauf, sich bei Frau Wischnewski im Namen seiner Haushälterin zu entschuldigen, ihre Qualitäten zu loben und ihr vor allem zu versichern, wie vorzüglich sie doch ihre Arbeit erledige. Auf eine Wiedergutmachung in Form eines Lobes für Frau Wischnewskis kurzen Rock verzichtete er jedoch: einerseits aus moralischen Gründen, andererseits, weil er ahnte, dass dies einen Triumph seiner Sekretärin nach sich ziehen würde, der wiederum gegen Klara gewendet würde.

Frauen waren sehr komplizierte Geschöpfe, und von van Kerkhof war während seines diplomatischen Alleingangs mehrfach ein Seufzen zu vernehmen. Doch Frau Wischnewski kannte Klara zur Genüge. Sie war schon mehrfach mit ihr zusammengerasselt, und die Worte des Chefs taten ein Übriges, um sie die Unverschämtheiten seiner Haushälterin wegstecken zu lassen.

Klara plante den Besuch der „holländischen Horde", wie sie den erwarteten Besuch nannte, generalstabsmäßig und hatte am Samstagnachmittag tatsächlich alles so gerichtet, dass sich van Kerkhofs Verwandtschaft im Pfarrhaus rundum wohlfühlen konnte. Auf dem Boden musste niemand schlafen, dafür hatte sie von den Pfadfindern Notliegen besorgt, die nun in den einzelnen Zimmern verteilt waren. Der Anblick dieser Lager ließ einen Gedanken blitzartig durch ihren Kopf zucken, und sie eilte in van Kerkhofs Büro.

„Herr Pfarrer, gehen Sie mal bitte raus, ich muss dringend telefonieren. Ich erkläre Ihnen das später!" Schon hatte sie sich neben seinem Schreibtisch aufgebaut und trommelte mit zwei Fingern ungeduldig auf dem polierten Holz.

„Für Sie doch immer", sagte der Pfarrer noch beim Aufstehen, froh, auch seiner Haushälterin in diesen hektischen Stunden einmal entgegenkommen zu können.

Wen sie allerdings so dringend kontaktieren wollte, konnte er sich beim besten Willen nicht vorstellen. Ob diesmal er Klaras Position mit dem Ohr an der Tür einnehmen sollte? Doch schnell verwarf er diesen Gedanken – Derartiges stand einzig dem Wesen und der unersättlichen Neugierde einer Klara Schrupp zu.

Die Nummer hatte Klara schnell gefunden, und die Hand schützend um die Sprechmuschel gelegt, raunte sie: „Guten Tag, Herr Butzbach, hier ist Klara Schrupp aus dem Pfarrhaus. Ich habe nicht viel Zeit, aber Sie können mir bestimmt eine Frage beantworten. Dass ich daran bisher noch nicht gedacht habe, ist mir als Ermittlerin richtig unheimlich. Nun, man wird älter. – Nein, lassen Sie uns jetzt bitte nicht über das Alter sprechen und mit Komplimenten kann ich schon gar nichts anfangen. Sagen Sie mir nur, ob Sie wissen, wo der englische Colin nachts geschlafen hat. Ich meine, Sie haben sich ja unterhalten, und da wird er bestimmt erzählt haben, wo er so untergebracht ist ... war ... also, wo er geschlafen hat. Bestimmt nicht in einem Hotelzimmer. Und zum Campen ist es ja noch viel zu kalt. Also, wo?" Während sie Butzbachs Worten lauschte, nickte sie immer wieder, um sich schließlich zu bedanken und ihn in einem freundschaftlichen Tonfall zu bitten, ihr weiter zur Verfügung zu stehen.

Nachdem sie aufgelegt hatte und zurück durch den Hausflur ging, folgerte sie lautstark: „Da sieh einer an, dieser Cowboy kennt sich besser in Limburg aus als der limburgischste Limburger!"

„Aha, Sie haben wohl mit Ilo telefoniert", wusste van Kerkhof sogleich, als er ihr entgegenkam. „Er wird ja nicht umsonst als *Limburger Original* bezeichnet."

Punkt 18 Uhr läutete es dann an der Tür und davor stand fröhlich lachend die gesamte holländische Gruppe, die sich wie ein Chor aufgestellt hatte. Klara zählte rasch durch und kam auf vierzehn Personen. Wenn jetzt keiner mehr kam, ging es ja.

Doch kamen die Leute nicht gleich herein, sondern setzten an zu einem Begrüßungslied.

„Herr Pfarrer", zupfte sie unruhig an seinem Arm, „sagen Sie denen, dass sie nicht so laut sind. Nebenan ist doch Messe. Wenn

Sie sich schon vertreten lassen, dann dürfen Ihre Leute den Gottesdienst nicht noch stören!"

Van Kerkhof machte aber keine Anstalten dazu, sondern gab vielmehr den Chordirigenten und sang lauthals den niederländischen Text mit: *„Vreugde, schitterende godenvonk, dochter uit Elysium!"*

Klara blieb nichts anderes, als die Ode an die Freude bis zum Ende über sich ergehen zu lassen, auch wenn sie ständig fürchtete, die Kirchenbesucher würden gleich den Gottesdienst verlassen und mit Beschwerden über sie herfallen.

Doch geschah nichts dergleichen, und nach einer herzlichen Begrüßung, bei der auch sie von allen Seiten gedrückt wurde, hatte sie die Mannschaft endlich im teils ausgeräumten Wohnzimmer untergebracht.

Es wurde ein Abend, den Klara lange in angenehmer Erinnerung behalten sollte. Die Gäste ließen es nicht zu, dass sie von ihr bedient wurden, vielmehr war das Gegenteil der Fall: Sobald sie zur Küche eilen wollte, sprang schon einer der Verwandten auf und besorgte das, was fehlte, wenngleich sich Klara auch hin und wieder bange fragte, ob sie jemals noch etwas in den eigenen Schränken und Schubladen wiederfinden würde. Doch sie registrierte angenehm berührt, dass jeder eifrig um ihr persönliches Wohl bemüht war und man nicht an Lob ob ihrer gelungenen Vorbereitungen sparte. Klara sonnte sich in all den anerkennenden Gesten – und van Kerkhof nahm dies mit großer Befriedigung zur Kenntnis. Er war allerdings heilfroh, dass die Deutschkenntnisse seiner Geschwister und umgekehrt die wenigen niederländischen Fetzen seiner Haushälterin nicht ausreichten, um eine wirkliche Unterhaltung zustande kommen zu lassen. Schließlich musste er fürchten, dass in diesem Fall auch seine Verwandtschaft Klaras Charme zu spüren bekommen hätte.

Sogar an Essen hatten die Gäste gedacht, und als Klara deswegen schon schimpfen wollte – hatte sie doch eine Vielzahl von kalten Platten zubereitet –, stimmten sie nur einmal mehr in einen fröhlichen Gesang ein.

Zwischendurch zog sie sich jedoch einmal überaus besorgt zurück, den kleinen Kater unter dem Arm. „So, mein Willilein, du bleibst jetzt schön hier oben in Mamas Stube. Die füttern dich ja noch tot! Und das viele Kille-kille-Machen tut meinem kleinen Bubi auch nicht gut, was?"

Wieder unten angekommen, gab Klara ihren letzten Widerstand auf und ließ sich von dem fröhlichen Treiben in ihrem Pfarrhaus mitreißen. Lauthals sang sie schließlich in einem Kauderwelsch, das dem Niederländisch der Gäste ähneln sollte, deren Lieder mit, stand auf, wenn singend die Geburtstagskinder eines jeden Monats aufgerufen wurden und versuchte sogar, ein Lied, dem jeder eine eigene Fortsetzung hinzuzufügen hatte, um eine möglichst witzige Pointe zu erweitern.

Sogar über einen Witz von Wim, dem Spaßvogel unter den Geschwistern, konnte Klara herzlich lachen: „Wieso können die Deutschen, wenn sie demnächst bei der WM ausscheiden, nicht einmal mehr in den Urlaub fahren? Weil die Holländer wieder einmal schneller waren, und alle Liegen am Pool bereits mit ihren Handtüchern belegt sind!"

Irgendwann, die Gäste waren wieder mit einem Endlos-Lied beschäftigt, klingelte das Telefon. Klara mochte erst gar nicht rangehen, aber schließlich ging sie doch hinüber ins Büro und hob ab. Hoffentlich kein Sterbefall, schoss es ihr durch den Kopf, denn dann würde der Pfarrer garantiert sofort aufbrechen und der Abend wäre gelaufen. Ihre Sorgen hatten sich aber schnell erledigt, denn am anderen Ende der Leitung war Kommissar Hartwichs!

„Sie wollen bestimmt wissen, wie weit wir mit unseren Ermittlungen sind, habe ich recht?", fragte Klara mit einem Schwung in der Stimme, der noch vom Gesang angeheizt war.

„Nein ... doch, das auch, werte Frau Schrupp. Eigentlich würde ich aber gerne den Herrn Pfarrer sprechen."

„Der ist mitten beim Singen. Sie müssen wissen, wir haben das Haus voller Gäste. Kann ich ihm etwas ausrichten?" Mit kreisender Zunge drückte Klara den Hörer ans Ohr und wartete auf polizeiliche Neuigkeiten.

Hartwichs am anderen Ende räusperte sich kurz, dann sagte er: „Ich wollte mich gerne noch einmal persönlich bei ihm bedanken für den schönen Gottesdienst vom vergangenen Sonntag. Auch die Kollegen aus England waren überaus beeindruckt."

„Sag ich doch: Wenn der Herr Pfarrer will, dann kann er was, nicht wahr?" Und schon im nächsten Augenblick kam ihr ein Gedanke. „Aber bleiben Sie doch besser in der Leitung, das hört er bestimmt gerne selbst von Ihnen." Damit huschte Klara aus dem Büro zum Wohnzimmer und zitierte ihren Chef mit dem Zeigefinger zwischen seinen Verwandten aus den Sofakissen hervor und in den Hausflur.

„Da ist der Kommissar am Telefon. Lassen Sie sich kurz mal loben und dann quetschen Sie ihn aus, ob es Neues bei den Ermittlungen wegen Colin gibt. Bitte, bitte, Herr Pfarrer, mir würde er so etwas ja nicht sagen. Aber Ihnen, Ihnen antwortet er auf alles."

„Aber liebe Klara", flüsterte van Kerkhof im Flur, „wie soll ich das denn anstellen? Und wonach soll ich ihn genau fragen?"

„Nicht genau", zischte Klara, „fragen Sie einfach, am besten tief und langsam und richtig verschworen: ‚Wie steht es mit den Ermittlungen?'" Sie hatte van Kerkhofs Stimme nachgeahmt und zischte erneut: „Und wenn er Ihnen dann alles erzählt hat, fragen Sie ihn noch ..."

„Klara!"

Seine Haushälterin brachte ihn mit wedelnder Hand zum Schweigen. „... dann fragen Sie ihn noch: Gab es noch andere Verletzungen? Und warum waren seine Augen so rot? Sie dürfen das fragen, Sie haben den Toten ja selbst da liegen sehen. Ja? Bitte! Und jetzt gehen Sie ran!" Mit zwei Händen schob Klara ihren Chef bis zur Tür des Büros. Dann lehnte sie sich im Flur gegen die Wand und drückte ihren Handrücken auf ihre zusammengepressten Lippen.

In den nächsten zwei Minuten hörte sie ihren Chef auf seine Frage hin immer nur sagen „Ja", „Oh", „Oh ja", und zuletzt: „Ich gebe dies alles auch an meine Haushälterin weiter, das sollen Sie wissen, immerhin haben Sie meine Frau Schrupp zum Ermitteln ermutigt. – Doch, so werde ich es machen, und ich garantiere Ihnen, Sie werden davon profitieren. Und jetzt möchte ich wieder zu meinen Gästen gehen. Einen schönen Abend noch, Herr Hartwichs."

Klara zitterte vor Freude. Ihr Pfarrer stand voll und ganz auf ihrer Seite. Nun fiel es ihr auch nicht mehr schwer, ihn selbst einmal ordentlich für seinen bewegenden Gottesdienst vom letzten Sonntag zu loben.

„Ein Lob von Ihren Lippen ist mir Goldes wert, liebe Klara", versicherte van Kerkhof daraufhin. Natürlich wollte Klara gern sofort erfahren, was der Kommissar am Telefon verraten hatte.

„Na gut, Klara, bevor ich alles durcheinanderwerfe oder die Hälfte vergesse, kommen Sie kurz mit mir in die Küche."

Als sie in die Wohnstube zurückkamen, starrten ihnen vierzehn Augenpaare gespannt entgegen. „Nichts Schlimmes", sagte Klara nur und machte eine wegwerfende Handbewegung.

Um die Stimmung wieder in Gang zu bringen, knüpfte sie bei Wims Witz an: „Wegen dem Fußball, da macht euch übrigens keine falschen Hoffnungen. Deutschland wird nicht ausscheiden, und ihr könnt euern Strand für euch alleine haben! Wenn sich eure Spieler nicht schon wund gelegen haben, denn die haben sich ja erst gar nicht qualifiziert!" Klara war nämlich begeisterter Fußball-Fan, vor allem, wenn es um Länderspiele ging, und es hatte diesbezüglich schon häufig Diskussionen zwischen ihr und dem Pfarrer gegeben.

„Und wenn Deutschland doch ausscheidet, dann kommt Klara zu uns auf den Campingplatz und kocht für alle!" Der von Wim in leidlich gutem Deutsch und dann noch einmal auf Niederländisch vorgetragene Vorschlag ließ alle Gäste begeistert Beifall klatschen.

„Die Wette nehme ich gerne an", antwortete Klara lachend und schlug in die ausgestreckte Rechte des Holländers ein.

Dass das Telefon erneut klingelte, vernahm in all dem Gelächter nur Klara allein. In der Annahme, Kommissar Hartwichs könne noch etwas Wichtiges vergessen haben, stahl sie sich unauffällig aus dem Wohnzimmer und zog die Tür hinter sich zu. Den entscheidenden Hinweis zum Fortschreiten der Ermittlungen hatte er ihnen bisher noch nicht liefern können. Die wenigen Dinge, die Klara soeben durch ihren Chef erfahren hatte, brachten im Moment noch keine neuen Ansatzpunkte. Doch jetzt wollte sie es sein, die den Kommissar mit Fragen konfrontieren würde!

Leider war es eine weibliche Stimme, eine altvertraute übermäßig laute mit einem leichten Akzent aus der Region. Sozusagen eine einstige Kollegin von Klara, die auf das bevorstehende Treffen der Pfarrhaushälterinnen hinweisen wollte, dessen Termin Klara wahrhaftig übersehen hatte.

„Du bist die Einzige, die keine Rückmeldung gegeben hat, obwohl du sonst immer die Erste bist!", drang der Vorwurf von Elsa Heinz durch die Telefonleitung, sodass Klara den Hörer ein Stück vom Ohr weghielt. Wie wichtig sich diese Frau doch in ihrer Rolle als Organisatorin nahm! Nun, wenn es sonst schon nichts in ihrem Leben gab, das ihr Bestätigung einbrachte, sollte man sie zumindest darauf hinweisen, dass andere Leute einen ausgefüllten Tag zu bewältigen hatten.

„Wir haben das Haus voller Gäste, Elsa, halb Holland übernachtet heute hier. Und ich stehe noch voll im Beruf. Da ist mir halt mal die Anmeldung durch die Lappen gegangen. Du bekommst dein Formular gleich nächste Woche zurück!", gab Klara der Frau mit demselben derben Tonfall zu verstehen.

„Ja, ja, ist ja schon gut, Klara. Du bist immer so beschäftigt, das wissen wir alle. Tust du auch noch ermitteln?"

Es war Klara ein Hochgenuss, zu verkünden: „Mehr denn je. Und jetzt sogar offiziell."

Ganz kurz blieb es still in der Leitung – Elsa Heinz schien diese Mitteilung erst verdauen zu müssen, hatte sie in der Vergangenheit doch schon mehrfach angeboten, Klara bei ihren privaten Aufklärungsarbeiten zu unterstützen. Und nicht nur das: Sie hatte sich sogar immer wieder aufgedrängt, mit der Begründung, sie wisse bei den meisten Fernsehkrimis immer schon am Anfang, wer der Täter sei.

„So so, dann weißt du ja vielleicht auch schon von dem toten Mann am Bahnhof?", fragte Elsa Heinz ein wenig spitz.

Diese Frage provozierte Klara über die Maßen. Als ob Elsa ganz vorn im Geschehen mitwirkte und sie selbst dagegen aus der Ferne auf Informationen angewiesen sei!

„Natürlich weiß ich darüber, was denkst du denn!", fuhr Klara sie an. „Aber ich bin zum Schweigen verpflichtet, wie das eben in Kreisen der Polizei so ist!"

„Aha! Ich weiß aber was, das du bestimmt nicht weißt!", ließ Elsa im triumphalen Tonfall des Rumpelstilzchens verlauten.

Erneut kochte die Wut in Klara hoch. Zugleich meldete sich aber auch ihre Neugierde. „Dann sag es mir und ich sage dir, ob ich es weiß", forderte sie die Gesprächspartnerin mit bemühter Gleichgültigkeit auf. Und ohne zu zögern, flötete Elsa Heinz ihr zu: „Von meiner Nachbarin, der ihrer Enkelin ihre Freundin, die hat den Umgebrachten ein paar Mal unten an der Lahn gesehen, immer mit mehreren Mädchen auf einmal. Und jedes Mal hat der mit denen geturtelt. Das muss ein ganz schöner Schwerenöter gewesen sein. – Klara? Bist du noch dran? Jetzt bist du aber platt, was? Ich weiß zwar sonst weiter nichts, aber das hast du nicht gewusst, stimmt's?"

Klara atmete durch, bevor sie gelassen antwortete: „Aber sicher habe ich das gewusst, Elsa." Die Lahn, natürlich! Mehrfach hatte man Klara gesagt, der junge Engländer sei vor allem an den deutschen Flüssen interessiert ... Ob dort unten schon jemand seinen Spuren nachgegangen war? Vielleicht hatte er dort vorübergehend einmal sein kleines Zelt aufgeschlagen, seinen Wigwam, oder wie man diese Dinger nannte, die sich so mühelos mitführen ließen ...

Wie auch immer, der Anruf Elsas sollte nicht umsonst gerade heute eingegangen sein, alles hatte im Leben seinen Grund und seine Fügung.

„Ich schicke dir das Anmeldeformular gleich am Montag zu. Wir sehen uns, Elsa!", beendete Klara das Telefonat, rieb sich die Hände und begab sich leichten Schrittes zurück ins Wohnzimmer, wo sie jedoch eine ganze Weile brauchte, um wieder in Feierlaune zu kommen.

Um Mitternacht stellten sich die holländischen Gäste plötzlich auf ein Zeichen von Jan hin allesamt auf und sangen aus voller Brust ein altes Kirchenlied. „,Grote God, wij loven U' kommt bei uns immer am Ende", raunte van Kerkhof Klara zu. „Das ist ein festes Ritual!" Er schmetterte das Lied nun aus voller Kehle mit.

Als der letzte Takt verklungen war, löste sich die Runde schlagartig auf. Bevor sie zu Bett gingen, räumten die Gäste aber noch das Wohnzimmer auf, und sie ließen sich dabei nicht im Geringsten von Klara beirren, die doch fürchtete, dass sie nur ihre gewohnte Ordnung durcheinanderbrachten.

„Morgen machen wir gleich nach dem Frühstück einen Spaziergang an der Lahn. Also seht alle zu, dass ihr früh genug aufsteht! Um halb acht gibt es Frühstück, damit wir gleich danach aufbrechen können und der Herr Pfarrer pünktlich seinen Gottesdienst halten kann! – Wim, bitte übersetzen, aber ganz genau!"

Van Kerkhof wusste sofort: Das hatte mit den Informationen zu tun, die er Klara nach dem Telefonat mit dem Kommissar gegeben hatte. Er stöhnte zwar, hätte er doch gerne ein Stündchen länger geschlafen, doch da Klara den Abend mit seiner Verwandtschaft so gelungen mit ihm geteilt hatte, wollte er sie in der heißen Phase ihrer Ermittlungen ebenfalls unterstützen.

„Wissen Sie was, Herr Pfarrer? Wenn ich das mal sagen darf: Der Wim erinnert mich ganz an Ihren Ahmad aus dem Sprachkurs, den mit den vielen Frauen daheim." Beim Gedanken an den unbeschwerten, fröhlichen Ausländer musste Klara erneut schmunzeln. „Sagen Sie, der hat Ihnen doch, bevor wir gingen, noch etwas ins Ohr geflüstert. Danach wollte ich Sie schon die ganze Zeit fragen! Aber dann kam ja diese komische Verrückte dazwischen, und darüber habe ich es ganz vergessen! Sie hätten aber wirklich auch mal daran denken können, vielleicht war es ja wichtig für uns!" Ihre Stimme enthielt den altvertrauten Vorwurf, sodass van Kerkhof erleichtert war, sich sogleich zu erinnern. – Er musste schmunzeln, denn seine Klara vergaß wahrhaftig nie etwas, und ihr Informationen vorzuenthalten, war nun wirklich das Schlimmste, was er ihr antun konnte.

„Richtig. Ahmad hat gesagt, wenn er hier in Deutschland wirklich eine Geliebte hätte, würde ihn seine Frau daheim sofort umbringen."

Zuerst lachte Klara darüber. Dann dann zog sie sich zurück, denn alle Rädchen in ihrem Kopf begannen sich zu drehen.

Am nächsten Morgen durfte Klara in der eigenen Küche ebenfalls wieder kaum Hand anlegen. „Du bist so nett, *mijn Meisje*, dir helf ich doch gern!", schäkerte Wim mit ihr und drückte der widerstrebenden Haushälterin einen dicken Kuss auf die Wange.

„Das gehört sich aber nicht!", fuhr Klara ihn aufgebracht an, erntete als Antwort aber nur ein freches Lachen.

Die Lahn lag dunkel und ruhig im Tal. Genauso dunkel fühlte sich Klara. Hier war er also mehr als einmal gewesen, der junge Engländer, und laut Elsa Heinz jedes Mal in weiblicher Gesellschaft und immer gleich mit mehreren Mädchen. Wie ihr ja auch die Verkäuferin in der Herrenabteilung des Kaufhauses berichtet hatte, liebte er die Flüsse.

Mit dem jungen Kater am Halsband bildete Klara das Schlusslicht der Wandergruppe. Da der kleine Willi jedoch verspielt hin und her lief und Klara sich gerne ungestört mit ihren Gedanken beschäftigen wollte, rief sie kurz entschlossen nach ihrem Chef, der ganz vorne mitging. Er blieb stehen und ließ seine Verwandten vorbeiziehen.

„Was gibt es, meine Liebe?"

„Ach bitte, Herr Pfarrer, nehmen Sie mal Willi zu sich. Ich muss mich konzentrieren."

„Das können Sie sich abschmelzen, Klara, ich laufe doch nicht mit einem Miniatur-Kater über den Lahnweg!"

„Das heißt abschminken. Und trotzdem laufen Sie mit ihm ein Stück! Er ist auch Ihr Haustier!"

Murrend übernahm van Kerkhof die dünne rote Leine. Er beeilte sich, seine Position ganz vorn wieder zu übernehmen.

„Arm runter, Herr Pfarrer! Sie heben Willi ja vom Boden ab!", rief Klara ihm nach. „Aber das lernen Sie schon noch." Kurz noch schüttelte Klara den Kopf beim Anblick der Zappelei dort vorn, dann holten ihre Gedanken sie ein wie eine Horde galoppierender Pferde. Dieses Mädchen in England ging ihr nicht aus dem Sinn, und Ahmeds heimliche Worte an den Pfarrer hatten dies ausgelöst. Töten aus Eifersucht!

Aber würde das verletzte Kind von so weit herkommen, um den Geliebten mal schnell zu erstechen? Vielleicht war sie schon länger in Limburg, und sie hatten hier Zeit miteinander verbracht, bevor es zu der ausschlaggebenden Auseinandersetzung kam?

Den Informationen des Kommissars zufolge, die der Herr Pfarrer an sie weitergegeben hatte, ging jetzt selbst die Polizei nicht mehr von einem Raubmord aus. Jemand, der mit einer Schere in den Hals gestochen wurde, wobei ein gut sichtbares goldenes Kettchen beim Opfer verblieb, wie auch eine recht wertvolle Armbanduhr – das sah nach einem anderen Motiv aus.

Dennoch, am Abend vor dem Mord war Colin alleine im Restaurant gewesen. Ob diesem Besuch ein Streit vorausgegangen war? Laut Hartwichs gab es eine Beule unter den Stirnhaaren, die schon vor dem Mord entstanden sein musste ... eine Verletzung durch einen dumpfen Gegenstand ... am Morgen des Mordes das Pfefferspray in seinen Augen, bevor jemand zugestochen hatte – Klara hatte es von jenem Moment an geahnt, als sie es im Sonntagskrimi verfolgt hatte: Solche feuerroten Augen, wie bei dem Toten dort, hatte auch der arme Colin gehabt, als er am Bahnhof in der Kabine lag ...

Nein, ein Räuber stach sofort zu, der sprühte nicht vorher noch am Opfer herum, damit es ihn vielleicht nicht erkannte ...

Klaras Überlegungen wurden unterbrochen, weil ein Stück vor ihr laut gesungen wurde. Es waren Wim und ihr Pfarrer, und sie klangen wie Betrunkene, die ihren Spaß hatten.

„He, wenn Sie schon vom *Wirtshaus an der Lahn* singen, dann benutzen Sie aber den anständigen Text!", rief Klara, der dieser frühmorgendliche Lärm peinlich war.

Die Männer schienen jedoch der Melodie einen ganz eigenen Text zu widmen. Was sangen die da? „Es steht ein Stiefel an der Lahn!" Dazu hatte sich die ganze Truppe am Straßenrand aufgestellt und lachte. Doch wo war der kleine Willi?

So schnell ihre Füße sie trugen, war Klara bei den anderen angekommen. Zwei Meter vom Wegesrand im Gebüsch turnte der junge Kater auf einem herrenlosen Stiefel herum. „Alle mal weg!", ordnete Klara an. Mit zwei Fingern hob sie das Schuhwerk aus dem kahlen Gestrüpp, einen feuchten halbhohen Wanderschuh aus braunem abgewetztem Wildleder.

Trotz des eindeutig gesetzten Alters, in dem sich der Schuh befand, war das Etikett im seitlichen Innenteil noch gut lesbar.

„Englische Pfund! Herr Pfarrer, Ihr Halstuch!" Sorgsam schnürte Klara den Wanderschuh nun darin ein und hatte keine Zweifel, dass es ein Schuh des Opfers war. Hier musste sich am Abend vor dem Mord irgendetwas zugetragen haben – immerhin war der Junge später noch ohne Schuhe im Restaurant aufgetaucht. Und wer weiß, dachte Klara, vielleicht hatte man ihm vorher schon das Portemonnaie weggenommen. Dann war er kein Zechpreller im eigentlichen Sinn, zumindest nicht für Klara, bei ihr war er diesbezüglich bereits ein gutes Stück entlastet. Und überhaupt: Dieser junge Mann hatte sie am Bahnhof *Lady* genannt – wenn das kein Grund war, jemanden gern zu haben ...

Sie hob den jungen Kater auf die Arme. „Fein gemacht, mein Kleiner, du hast etwas Wichtiges gefunden. Papa wäre wieder mal blind daran vorbeigelaufen, aber du entwickelst Mamas Spürsinn, was? – Herr Pfarrer, halten Sie den Kater noch bei sich, ich will hier noch etwas nachsehen."

Unter den Augen der Gruppe stieg Klara mit großen Schritten und leicht angehobenem Rock im Gebüsch umher.

Van Kerkhof wandte sich ab. Diese kindischen Titulierungen musste er seiner Haushälterin austreiben, das würde seine erste Aufgabe sein, sobald die Verwandtschaft abgereist war. Soeben stieß sie inmitten des dornigen Gestrüpps einen kleinen Schrei des Entzückens aus – sie musste noch etwas gefunden haben, und das war nicht der zweite Schuh, denn es verschwand blitzschnell in ihrer Tasche. Was auch immer es sein mochte, er würde es sehr bald erfahren.

Nach dem Gottesdienst war die Zeit gekommen, den Besuch zu verabschieden. Man fiel sich herzlich um den Hals und machte da auch bei Klara keine Ausnahme. *„Bedankt en nogmaals bedankt"*, riefen die Gäste Klara zu, die sich sichtlich geschmeichelt fühlte, und als die ersten Wagen fuhren, musste sie sich doch tatsächlich mit der Hand über die Wange fahren. „Eine nette Horde haben Sie da, Herr Pfarrer!", sagte sie und schnäuzte in ihr Taschentuch.

„Das finde ich auch", nickte van Kerkhof und winkte seinem Bruder Wim zu, der gerade als Letzter losfuhr. Der Holländer drehte noch einmal die Scheibe herunter: „Und denk dran, *mijn Meisje*, wenn die Deutschen ausscheiden, dann sehen wir uns auf dem Campingplatz!"

„Das wird nicht passieren", rief Klara trotzig und winkte dem Wagen mit beiden Armen nach. „Ich auf einem Campingplatz kochen – niemals!", sagte sie in Richtung des Pfarrers, der laut lachen musste.

„Hoffentlich wissen Sie, worauf Sie sich da eingelassen haben, meine Liebe!"

„Das weiß ich schon sehr genau", kam sofort die aufgebrachte Antwort. „Der Jogi Löw ist zwar manchmal ein dummer Junge und macht unanständige Dinge, aber mit Fußball, da kennt er sich aus!"

14.

Klaras halbe Kehrseite thronte auf van Kerkhofs Schreibtisch. Sie hatte gerade eine Nummer gewählt und nickte dem Pfarrer vielsagend zu, bevor sie in den Hörer sprach. „Herr Kommissar, wir haben ein wichtiges Beweisstück für Sie! – Wie, bringen? Wenn Sie es haben wollen, dann holen Sie es hier im Pfarrhaus ab. Wir sind daheim. Ja, ich weiß, dass heute Sonntag ist. Wenn Sie es sich erlauben können, Zeit zu verlieren ... Wie ich schon gesagt habe, es ist ein wichtiges Beweisstück. Das könnte der Grund für die stumpfe Verletzung an der Stirn des Engländers sein. Aber wie Sie wollen ... Dann bis morgen. Ach, Sie haben heute doch Zeit? – Dann sagen wir: bis gleich!" Siegessicher nickte Klara dem Pfarrer in seinem Bürosessel zu, doch der hatte kopfschüttelnd eine Hand auf seine Augen gelegt. Klara zuckte nur die Achseln, hob erneut den Hörer ab und zog eine Nummer aus ihrer Kittelschürze.

„Ach, Herr Butzbach, hier spricht wieder die Frau Schrupp aus dem Pfarrhaus. Wenn Sie mal Zeit haben, hier etwas abzuholen, ich wäre Ihnen sehr dankbar. – Wann? Am besten gleich morgen Vormittag. Heute empfangen wir erst einmal den Kommissar. Ja, Sie haben richtig gehört. Obwohl es Sonntag ist, hat er etwas Wichtiges mit uns zu besprechen. Ich sagte Ihnen ja schon, dass wir polizeiliche Ermittler sind." Sie verabschiedete sich, um ihrem Pfarrer abermals einen triumphierenden Blick zuzuwerfen. Diesmal blickte van Kerkhof ihr ins Gesicht.

„Bei unserem guten Ilo brauchen Sie aber nicht anzugeben, Klara", sagte er seufzend.

„Man muss die Dinge vorantreiben, Herr Pfarrer. Außerdem habe ich für ihn erst noch einiges aufzuschreiben. Das braucht ein bisschen Zeit."

Van Kerkhof deutete auf Klaras Schürzentasche. „Sie hatten da ja am Fundort des Stiefels noch etwas eingesteckt. Darf man wissen ..."

Klaras Blick folgte seinem Zeigefinger. „Ach, das ist hier aber nicht drin. Da müssen Sie noch warten, ich will das nicht jedem und überall drei Mal erklären."

Eine Stunde später klingelte der Kommissar. „Sehen Sie, Herr Pfarrer? Wenn man ein wenig Dampf macht, funktioniert das mit dem Vorantreiben! Da ist er schon, der Herr Hartwichs."

Van Kerkhof entnahm Klaras leichtem Schalk in der Stimme, dass sie wieder etwas im Schilde führte. „Ich bitte Sie, liebe Klara, machen Sie uns unseren Freund nicht zum Feind!"

„Ach, wo denken Sie denn hin, Herr Pfarrer! Der Kommissar ist doch sozusagen unser Arbeitgeber. Zwar ohne ein Gehalt und ohne Lob, aber so einen Kontakt hält man sich doch warm!" Und mit dem wärmsten Klara-Lächeln empfing sie ihn und führte ihn in die Küche.

„Bitte nehmen Sie Platz, es gibt auch noch ein Tässchen Kaffee, wenn Sie möchten."

„Nein danke, meine Familie wartet mit dem Essen. Mich interessiert eigentlich auch nur Ihr Beweisstück. Was ist es denn?"

„Ein Stiefel. Vielmehr ein Wanderschuh. Der stand einsam an der Lahn und trägt ein Preisschild aus England. Und wie Sie ja sicher wissen – Sie haben ja die Bedienung im Restaurant auch befragt –, war unser Colin ohne Schuhe dort, am Abend, bevor er dann morgens ermordet wurde."

Wie so oft warf Kommissar Hartwichs Klara auch jetzt einen seiner durchdringenden Blicke zu. „So, so, dann waren Sie also doch besagtes Paar, das sich über das Opfer informiert hat. Haben Sie das neulich nicht noch abgestritten, Frau Schrupp?"

Klara goss eine Tasse Kaffee ein und stellte sie vor Hartwichs auf den Tisch. „Ach, wen interessiert das denn jetzt noch? Hier geht es heute um ernsthafte Fakten. – Milch und Zucker?"

„Nur Zucker, bitte. – Na, dann zeigen Sie mir mal Ihr Fundstück, dem Sie so große Bedeutung beimessen."

Klara eilte aus der Küche durch den Flur und kam mit dem grün karierten gefüllten Halstuch des Pfarrers zurück. „Da drinnen ist er, der Schuh. Ich fasse ihn nicht mehr an, Sie werden ihn ja auf Fingerabdrücke untersuchen. Das Halstuch können Sie dann waschen und es dem Herrn Pfarrer zurückgeben. Bitte nur in die Dreißig-Grad-Wäsche, da ist ein Wollanteil dabei." Dazu nickte sie geschäftig.

„Wir waschen das auch selbst, Herr Hartwichs", pflichtete der Pfarrer schnell bei.

„Wer wir? Das wollte ich aber sehen, Herr Pfarrer, solange wir uns kennen, haben Sie die Waschmaschine noch nicht ein Mal eingeschaltet!"

Kommissar Hartwichs räusperte sich, bevor er fragte: „Und Sie, werte Frau Schrupp, sind der Überzeugung, dass dieser Wanderschuh die Ursache für die Beule am Kopf des Engländers war? Darf ich fragen, wie Sie darauf kommen?" Wieder dieser tückische Blick – Klara hielt ihm stand.

„Na, weil ihm den jemand an den Kopf geworfen hat. Jemand, der einen Grund hatte, ihm böse zu sein."

„Wie dem auch immer sei", Hartwichs erhob sich und packte das Bündel am Knoten, „um die Untersuchungen werden wir uns kümmern. Sie können darauf vertrauen, dass die Polizei ihre Arbeit tut. Ich bedanke mich erst einmal, ich denke auch, dass es ein Schuh des Toten war. In seiner Parka-Tasche haben wir eine Quittung gefunden, er hat sich am Morgen, bevor er zum Bahnhof ging, noch schnell ein paar neue Schuhe gekauft. ‚Boots' steht darauf."

„Ja natürlich!", fiel es Klara ein. „Als er tot in der Kabine lag, waren seine Sohlen absolut sauber. Wir haben uns noch gewundert, nicht wahr, Herr Pfarrer?" Dann hob Klara den jungen Kater aus seinem Körbchen unter der Wanduhr. „Und bedanken können Sie sich bei unserem Willi. Er hat den Stiefel gefunden."

Sie streckte dem Kommissar das Tier entgegen. „Gib fein Pfötchen, Willi, der Kommissar will sich bei dir bedanken."

„Klara!", sagte van Kerkhof von der Tür her.

„Moment, Herr Pfarrer, ich bin gleich für Sie da. Erst will Willi noch ‚Gib fünf' machen."

Hartwichs drückte sich an Klara vorbei in den Hausflur. „Eine Katze hat aber nur vier Krallen." Dann strebte er eilends auf den Ausgang zu.

„Falsch, Herr Kommissar, erstens ist es ein Kater, das haben Sie doch sicher gerade gehört. Und vier Zehen hat er an den Hinterfüßen. Vorn hat er fünf, und wenn Sie sein Pfötchen nehmen, können Sie das selbst sehen."

Hartwichs schüttelte unmerklich den Kopf, bevor er durch die Tür trat und kurz die Hand hob, ohne sich umzudrehen. Dann saß er auch schon in seinem Auto.

„Meine liebe Klara, Sie bringen es auch fertig, jeden zu vergraulen. Was war das da gerade für ein Schauspiel? Ein Kommissar lässt sich nicht auf den Arm nehmen wie ein Haustier!"

Klara drückte dem Kater einen Kuss zwischen die Ohren. „Das war meine Antwort auf seine Bemerkung von neulich: die Frau Schrupp mal ein wenig beschäftigen, damit sie sich aus den Ermittlungen raushält ... Das war wirklich keine schöne Art, Herr Pfarrer. Ich musste ihn dafür einfach noch ein kleines bisschen hochnehmen", lachte Klara, „jetzt sind wir quitt und können uns wieder ganz normal und ernst begegnen."

Van Kerkhof seufzte. „Wenn er das denn noch mitmacht ..."

„Da seien Sie mal ganz unbesorgt. Der Kommissar wird mir noch dankbar sein." Jetzt wurde es Zeit, dass sie das zweite Fundstück mit ins Spiel brachte, dachte Klara aufgeregt.

Eine Stunde später schlich der Pfarrer um den Küchentisch, an dem Klara eine eigenartige Liste erstellte. Sogar seine alte Schreibmaschine schien sie für die oberen Zeilen benutzt zu haben. Wie gern hätte er ihr dabei doch zugeschaut ...

„Was machen Sie denn da die ganze Zeit?" Diesmal war er es, der seine Neugierde nicht zurückhalten konnte.

„Still."

„Ich gehe mal eine halbe Stunde um den Block, Klara."

„Gut, Willis Leine hängt an der Garderobe."

144

„Ich werde ihn nicht mitnehmen, das fangen wir erst gar nicht an. Er kann im Garten laufen wie andere Katzen auch."

„Kater."

„Von mir aus auch Kater", brummte der Pfarrer. Nein und nochmals nein, sagte er sich und zog die Haustür hinter sich zu.

Als er zurückkam, lag Klaras Liste auf dem Tisch und mehrere Kugelschreiber daneben. „Sie können hier mal unterschreiben, von oben bis zur Mitte. Denken Sie sich Namen aus und krickeln Sie Unterschriften dort hin, von Müller bis Schulte und Becker und so weiter, mit verschiedenen Stiften, immer untereinander.

Der Pfarrer erfasste sofort, was da vor ihm lag: eine Art Petition für den Bau einer Skaterbahn in Limburg. Er lachte: „Klara, das nimmt Ihnen doch niemand ab. Wen wollen Sie denn damit täuschen? – Sie wissen, dass das Urkundenfälschung ist? Das gibt mindestens zwei Jahre Gefängnis!"

„Und mehr, aber nicht für mich!", triumphierte Klara. „Herr Butzbach wird die Liste abholen und ganz bestimmten Leuten vorlegen. Bitte haben Sie Vertrauen, ich glaube, ganz bald haben wir den Mörder. Ich bin jetzt wirklich zu müde, um Ihnen das zu erklären. Ihre Verwandtschaft hat mich schon ziemlich angestrengt. Sie werden mir bestimmt ein Stündchen Schlaf gönnen. Hernach erzähle ich Ihnen genau, was wir vorhaben!" Damit kehrte sie dem Pfarrer den Rücken und zog sich ins Obergeschoss zurück.

So fälschte der Pfarrer an die zwanzig Unterschriften und fühlte sich nicht einmal besonders schlecht dabei, denn wenn bei Klara diese Phase der Euphorie einsetzte, hatte das stets seinen Grund.

Am Montagmorgen kam wie versprochen Günter Butzbach ins Pfarrhaus.

„Ilo, alter Freund!" Van Kerkhof klopfte ihm die Schulter. „Da hat sich meine Haushälterin etwas ausgedacht! Aber schön, dass Sie mitmachen und das für uns tun."

„Nicht zuletzt auch für Colin, Ich habe den Jungen ja auch gekannt. Was genau soll ich denn tun?"

„Ich komme gleich!", rief Klara ihnen aus der kleinen Toilette zu, die vom Hausflur aus zu begehen war.

Auf dem Wohnzimmertisch lag bereits die gefälschte Petition, ebenso ein Zettel mit einer Adresse, wo diese vorgelegt werden sollte, und daneben stand der Name eines Präparates, das Ilo dort besorgen sollte.

„Vielleicht ist diese Liste überflüssig, aber bei einem Mord sollte man sich doppelt absichern, bevor man jemanden verdächtigt", belehrte Klara die beiden Männer. „Und da Sie ja so gerne fotografieren, Herr Butzbach, können Sie danach noch zu den Wohnblocks fahren, wo unser Colin die letzten Tage gewohnt hat, und alle Klingelschilder knipsen."

Pfarrer van Kerkhof schaute erstaunt drein. „Sie wussten, wo er wohnte?"

Ilo schüttelte den Kopf. „Als wir zusammen noch einen Wein trinken waren, hat er mir nur erzählt, in welcher Gegend er untergekommen ist. Ich meine, mein Leierkasten sollte ja nicht irgendwo im Freien übernachten, da hat es mich schon interessiert, dass er unter einem Dach stehen konnte. Ich weiß aber weder bei wem noch in welchem dieser Häuser das war, es gibt mehrere davon. Nur der Straßenname hat mir etwas gesagt."

„Und weil Sie sich in Limburg auskennen wie in Ihrer Westentasche, konnten Sie damit sogleich etwas anfangen", folgerte van Kerkhof nickend.

„So ist es", sagte Ilo. „Dann mache ich mich jetzt auf die Socken und bringe Ihnen das hier danach sofort zurück."

„Das wäre schön", sagte Klara äußerst lieblich – wie immer, wenn sie mit Günter Butzbach sprach. „Und lassen Sie sich das hier verkaufen", sie zeigte auf den Zettel mit dem Präparat. „Aber nur von einer ganz bestimmten Person! Denken Sie einfach an Ihre weißen Haare und dann werden Sie sich schon an die richtige halten. Alles andere, was ich Ihnen vorhin erklärt habe, werden Sie ja wohl kapiert haben!"

Schon am Mittag kehrte Ilo zurück, sodass Klara umgehend den Kommissar anrufen konnte. „Herr Hartwichs, wo sind Sie denn gerade? – Gut, das ist nicht weit weg, dann warten wir hier auf Sie. Es wäre wichtig, dass Sie etwas auf Fingerabdrücke untersuchen lassen. – Doch, Sie haben mich richtig verstanden: Wir haben schon wieder etwas für Sie! Und wenn diese Abdrücke übereinstimmen mit den Fingerabdrücken auf der Schere, die in Colins Hals gesteckt hat, bringe ich Sie zum Mörder. Ja, Ehrenwort!"

15.

Vor der schillernd dekorierten Glastür scheuchte Klara die drei Männer mit der Hand zurück. „Wir haben doch alles besprochen, ich zuerst! Aber ich will mich erst überzeugen, ob auch alles so aussieht, dass es funktioniert. Sonst müssen wir später noch einmal herkommen."

„Frau Schrupp, Frau Schrupp ... Sie sind ganz schön anstrengend", sagte der Kommissar gespielt vorwurfsvoll, doch alle sahen ihm an, dass er erwartungsvoller nicht hätte dreinschauen können.

Seltsamerweise hatte er Klaras Plan diesmal sogleich akzeptiert. Und nun hielten sich die Männer zurück, während sich Klara von der Seite durch das Schaufenster ein Bild von den Gegebenheiten machte.

„Ja, es passt. Wir sind früh dran, es ist noch komplett leer. Ich sage Ihnen, es wird entweder sehr laut zugehen da drinnen oder sehr leise. Entweder sehr schnell oder es wird dauern. Überlassen Sie das bitte meinem Gespür. – Also, ich gehe jetzt rein, und in einer Minute kommen Sie dazu", lautete ihr Kommando, sodass die anderen schweigend nickten und Klara sich auf den Weg in den Frisiersalon begab.

Wie auch beim letzten Mal tutete die Eingangstür des *Salons Rainbow* beim Öffnen. Und wie neulich wurde Klara auch jetzt von den pastellfarbenen jungen Frauen freundlich begrüßt.

„Haben Sie sich doch entschieden, Ihren Kopf einmal von uns verwöhnen zu lassen?", fragte die große hellgrüne, die offenbar die Chefin des Salons war.

„Richtig. Und zwar von Grau in Schneeweiß."

„Eine gute Idee", sagte die Chefin. Damit nahm Klara auf dem letzten Sessel – dem weißen – vor einem Spiegel Platz und schon wurde ihr von hinten ein weißer Umhang umgelegt. Klara schloss die Augen, wollte noch nicht in die anderen Augen im Spiegel blicken, die sie mit Sicherheit längst skeptisch fixierten.

Ein Kamm mit breiten Zinken fuhr durch ihr Haar. „Ach, was für eine Wohltat", sagte Klara und behielt die Augen auch noch geschlossen, als die Eingangstür sich meldete und sie ein mehrfaches „Guten Morgen" aus drei ihr bekannten männlichen Kehlen vernahm.

Neben sich hörte sie eine Friseuse etwas von einem Altenheim flüstern, doch gleich übernahm die Chefin weiter vorn das Wort.

„Sieh an, der nette Mann, der uns die Liste für die Skaterbahn vorgelegt hat. Was können wir für Sie tun? Der weiße Platz ist belegt, aber bestimmt nehmen Sie auch vorlieb mit einem andersfarbigen Stuhl. Das bedeutet ja nicht, dass wir Ihrem weißen Haar eine bunte Nuance geben." Die Chefin lachte und Klara vernahm, dass der Platz gleich neben ihr belegt wurde. Wie schön, der Herr Butzbach ist in der Nähe, dachte sie und fühlte sich in ihrem Vorhaben sicher und gestärkt.

„Und die anderen beiden Herren?", hörte sie die hellgrüne Chefin fragen.

„Danke, wir warten nur, bis unser Freund fertig ist", sagte ihr Pfarrer im Eingangsbereich.

„Aber gerne. Hier sind Zeitschriften." Dann raschelte es und auch die letzte Männerstimme meldete sich zu Wort. „Dankeschön." Kommissar Hartwichs.

Jetzt wagte Klara es, die Augen zu öffnen. Sie erschrak, als sie die tieftraurigen schwarz umrahmten Augen im Spiegel wiedererkannte, obwohl sie gewusst hatte, dass es genau diesen Blickkontakt geben würde. Doch die Erinnerung war zu heftig für ihr Gemüt. Sie schluckte, bündelte all ihren Mut und sprach sehr leise: „Hier sitzt man doch viel besser als in einer Fotokabine, nicht wahr?"

„Was reden Sie denn da?", fragte die junge Bedienung mit dem weißen Turban, die Klara sehr wohl wiedererkannt hatte, das entnahm sie ihrer dünnen Stimme.

Aus einem Lautsprecher in der Nähe ertönte Musik. Die weiße Bedienung fühlte sich hörbar sicherer, als sie leise sagte: „Okay, ich weiß, dass Sie die Oma vom Bahnhof sind. Anscheinend nehmen Sie mir immer noch übel, dass ich nicht sofort aufgestanden bin."

„Nein, ich nehme Ihnen etwas ganz anderes übel."

Das Mädchen hielt inne, schaute Klara im Spiegel forschend an: „Das wäre?"

„Dass Sie Ihren Müll an der Lahn liegen lassen." Klara hielt ein leeres knisterndes Tütchen hoch, mit dem Logo des Frisiersalons. „Genau so eins haben Sie mir neulich mit auf den Weg gegeben. Es hat mich irgendwann ganz plötzlich an Sie erinnert. Wie Sie in der Kabine saßen und so schrecklich verweint aussahen. Die vollgeheulten Taschentücher mit der schwarzen Augenschminke habe ich Ihnen aber nicht von der Lahn mit hergebracht."

„Sagen Sie, was soll das?" Die junge Frau war lauter geworden. „Sind Sie gekommen, um mich zu beleidigen?"

„Was ist denn los?", wollte die Chefin wissen, die herangetreten war und Klara, wie auch ihre Mitarbeiterin, im Spiegel fragend ansah. „Gibt es etwas zu beanstanden? Hat man Ihnen wehgetan?"

„Nein, mir hat niemand wehgetan. Aber einem Freund von mir. Den hat man mit einer Schere erstochen", sagte Klara langsam und deutlich.

„Ach, Sie reden wieder von dem getöteten Engländer", erinnerte sich die hellgrüne Chefin. „Genau, das war ja bei Ihrem letzten Besuch schon unser Thema. Da kommen Sie wohl nicht drüber hinweg, was?"

Klara nickte aus ihrem weißen Umhang heraus. „Wie sollte ich das? Immerhin hat er mich *Lady* genannt, wir haben zusammen die Drehorgel gespielt. Aber er hat jemand anderen arg verletzt. Hat dort Unterschlupf gefunden und dann offenbart, dass daheim in England eine junge Frau darauf wartet, nachzukommen, um hier mit ihm ein neues Leben anzufangen." Klara schloss die Augen, als sie beobachtete, wie die junge Bedienung mit dem weißen Turban hinter ihr erbleichte und sich rückwärts gegen die Wand sinken ließ. Doch die hellgrüne Chefin war neugierig geworden.

„Ach, Sie wissen mittlerweile mehr über den Fall?"

„Ich denke schon", antwortete Klara, die sich mit einem Mal so schlecht fühlte wie schon lange nicht mehr. Ihr war die tiefe Verzweiflung in den schwarz angemalten Augen nicht entgangen. Ein junges Mädchen, das sich ernsthaft verliebt hatte und bitter enttäuscht wurde, sich noch dazu ausgenutzt fühlte ...

Doch Klara straffte die Schultern. Nicht umsonst hatte sie die halbe Nacht geübt. Es war ihr vorgekommen wie in einem Theaterstück, als sie ihren Text wieder und wieder herunterleierte. So sprach sie nun gut hörbar weiter: „Man wird abends an die Lahn bestellt, freut sich auf einen romantischen Spaziergang, ist voller Hoffnung auf gemeinsame Pläne, doch dann muss man erfahren, dass man schon am nächsten Tag vergessen sein wird. Gerade hat man noch am Ufer gesessen, die Schuhe ausgezogen, vielleicht mit den nackten Füßen im eisigen Wasser geplanscht, dann wird man urplötzlich eiskalt abserviert. Man ergreift einen Stiefel und schleudert ihn mit aller Kraft gegen den Kopf des Verräters. Dann lässt man sich ins Gestrüpp fallen und weint, bis man keine Kraft mehr hat. Dafür braucht man unzählige Taschentücher."

Vorn in der Warteecke räusperte sich jemand. Das war der Kommissar. Ob er ungeduldig wurde? Doch gemeinsam hatten sie beschlossen, diesem Mädchen die Chance für ein Geständnis zu geben, unter genügend Zeugen, damit die Zukunft vielleicht noch einen Schimmer von Hoffnung für sie bereithielt. So jung, dachte Klara auch jetzt wieder, und schon alles kaputt ...

Hier war es nicht um eine eifersüchtige Engländerin gegangen, die dem Jungen nachgereist war, vielmehr war diese Engländerin der Grund für Eifersucht gewesen, für tödliche Eifersucht.

Mittlerweile hatten sich auch die anderen Mädchen im Salon um Klaras weißen Sessel geschart. Keine schien jedoch zu ahnen, was hier vor sich ging.

„Es gibt keine Lösung für so etwas", setzte Klara ihren einstudierten Text fort, „nur ganz entsetzlichen Schmerz und Enttäuschung. Weil man weiß, dass der andere schon am nächsten

Morgen abreisen wird, beschließt man, ihn aufzuhalten, um ihn vielleicht doch überreden zu können. Dazu versteckt man sich am Bahnhof, will ihn abfangen, in eine nicht einsehbare Ecke ziehen, ihn zur Rede stellen und noch einmal auf ihn einwirken. Für den Notfall testet man vorher, ob das Pfefferspray funktioniert. Man sprüht in eine Ecke, doch es reizt die eigenen Augen, dann wird man auch noch gestört und man muss sich zurückziehen, das Feld räumen, weil eine alte Frau gern sitzen würde ..."

Klara wartete kurz ab, ob sich jemand einmischte, ob das Mädchen mit dem weißen Turban vielleicht wütend würde oder sich verriet, doch es blieb reglos an der Wand stehen, und auch als eine Kundin den Salon betrat und „Guten Morgen" sagte, blieb es still im Raum.

Klara blickte in den Spiegel. Sie sah, wie dem Mädchen hinter ihr die Tränen aus den Augen strömten, doch außer ihr schien das niemand zu bemerken.

„Es ergibt sich die Gelegenheit, das Versteck wieder einzunehmen", fuhr Klara fort. Sie saß inmitten der farbenfrohen Belegschaft. Alle standen um ihren Sessel herum, starrten in den Spiegel und sämtliche Augen klebten an Klaras Gesicht.

„Er kommt durch die Tür auf den Bahnsteig. Es ist nur ein Meter Abstand, als er vorbeigeht. Man zieht ihn in die Fotokabine und zieht den Vorhang zu, will ihn zwingen, noch einmal über alles zu sprechen. Man drückt ihn auf den kleinen Hocker, setzt sich vielleicht auf seinen Schoß, und als er sich windet oder erneut eine Abfuhr erteilt, ist man gut vorbereitet. Zuerst das Pfefferspray, weil man ihm nicht mehr in die Augen sehen will. Doch als er schreit, ergreift man die Schere und bohrt sie ihm in den Hals. Es muss ja schnell gehen, draußen sind Leute auf dem Bahnsteig ..."

„Hören Sie auf!", schrie das Mädchen an der Wand und riss sich den weißen Turban ab, um sich an den pechschwarzen kurzen Haaren zu ziehen. „Ist doch wahr", schluchzte es, „da ist man tagelang gut genug ..., da werden einem Versprechungen gemacht ..., und dann erfährt man beim Spazierengehen, dass alles nur gelogen war, weil der Kerl kein Geld hatte, um anderswo zu übernachten ... und dass er am nächsten Tag weiterreisen will, damit er für sich und seine englische Tussi in Deutschland was aufbauen kann ..."

Das heftige Schluchzen schüttelte das Mädchen regelrecht durch, dann begann es zu zittern und ließ sich an der Wand entlang auf den Boden sinken.

Klaras Kinn zitterte kaum weniger. „Er war ein Herzensbrecher", sagte sie erschöpft.

„Wie jetzt?", fragte die hellgelbe, und die pinkfarbene machte runde Augen und ließ eine Kaugummikugel zerplatzen. „Hammerhart! Ich fass es nicht!", entfuhr es ihr.

Die hellblaue bückte sich zu ihrer weinenden Kollegin hinunter. „Mensch, Fibi, sag mir, dass du das nicht warst!"

„Sie sollten es doch besser gestehen, Fiona Bizzel", riet Klara, „das kann in Ihrer Lage nur von Vorteil für Sie sein."

Die hellgrüne Chefin hielt sich die Hände vors Gesicht. „Und ich dachte schon, sie wäre schwanger, weil sie in der letzten Zeit ausgesehen hat wie ein Gespenst."

„Ich habe alles für ihn bezahlt", schluchzte das Mädchen aus der Hocke heraus. „Er hatte überhaupt kein Geld. Er brauchte nur zu sagen, was ihm gefehlt hat, ob es ein Gürtel war oder gute Socken. Alles hat er von mir bekommen, alles, weil er mir geschworen hat, dass er bei mir bleibt, hier in Limburg. ... Und als er dann plötzlich noch einen Leierkasten mitbrachte, hat er versprochen, das Ding für viel Geld zu verkaufen und mit mir an den Plattensee zu fahren."

„Oho", machte Günter Butzbach, der immer noch wie festgewachsen in seinem pinkfarbenen Sessel neben Klara saß.

Für die Friseusen völlig unvermutet erhob sich einer der Männer in der Warteecke, kam in den hinteren Teil des Salons und reichte dem kauernden Mädchen die Hand: „Ich darf mich vorstellen: Kommissar Hartwichs von der hiesigen Polizeidienststelle. Frau Fiona Bizzel, ich betrachte Ihre Äußerungen als ein

Geständnis und nehme Sie fest wegen Mordes an dem Engländer Col..."

„Moment", mischte sich die kleine Kollegin ein. „Sie hat das Recht, die Aussage zu verweigern und so weiter. Sagen die im Fernsehen auch immer."

„Das ist richtig. Betrachten Sie das als von mir hinzugefügt. Aber ich rate Ihnen zu einem schnellen und umfangreichen Geständnis. Die Fingerabdrücke auf dem Schuppenwasser, das Sie dem Herrn hier verkauft haben, stimmen nämlich mit denen auf der Mordwaffe überein." Resigniert ließ das weinende Mädchen sich vom Kommissar auf die Beine ziehen.

„Und der da mit seiner Petition? War das wenigstens echt?", fragte die hellblau Gekleidete, die immer noch versuchte, sich schützend vor ihre Kollegin zu stellen.

„Sagen wir so", begann Hartwichs wohlüberlegt zu erklären, „diese Liste war zweckdienlich zur Überführung einer Mörderin. Die Unterschrift darauf hat uns schneller zur Adresse der Täterin geführt, weil wir deren Wohnbezirk bereits eingrenzen konnten. Und ich gehe davon aus, dass sich im Zweifelsfall dort jede Menge Fingerabdrücke des Toten finden lassen."

„Wer zweifelt denn hier noch?", fragte van Kerkhof, der immer noch vorn auf seinem Wartestuhl saß. „Feststeht: Frau Schrupp hatte hier ein Päckchen Taschentücher bekommen. Die Verpackung hat sie unten an der Lahn wiedererkannt. Dadurch hat sie sich wieder an das Gesicht erinnert, das sie hier im Salon und in der Fotokabine am Bahnhof gesehen hat. Und als sie in einem Fernsehkrimi ähnlich rote Augen sah wie bei der Leiche hier am Bahnhof, begriff sie, dass das Haarspray in der Fotokabine auch ein Pfefferspray gewesen sein konnte. Sie hat Ihnen doch vorhin alles genau der Reihe nach erzählt."

Die hellgrüne Chefin blickte van Kerkhof verwundert an. „Und wer ist das nun wieder?"

„Das ist der Herr Pfarrer", sagte Klara, die froh war, dass ihr endlich jemand zur Seite stand.

„Ach, einen Pfarrer haben Sie ebenfalls gleich mitgebracht. Soll meine Angestellte hier auch noch beichten? Kommt ihr das am Ende vielleicht zugute?"

„Es muss ja nicht hier sein, aber schaden wird es ihr auf keinen Fall. – Wann auch immer", sagte van Kerkhof gütig.

Das Letzte, was Klara hörte, als sie gemeinsam mit dem zitternden Mädchen den *Salon Rainbow* verließen, war ein ratlos wimmerndes Stimmchen aus dem Innern: „Die Schere, war das eine von unseren?"

„Das wird uns Fibi sicher irgendwann mal erzählen ..."

„Wie schnell sich Sympathien doch verändern können, nicht wahr, Klara?", sagte van Kerkhof mit hängenden Schultern, als sie zusahen, wie die junge Frau auf die Rückbank von Hartwichs Wagen geschoben wurde.

„Tsss", machte Klara, „der Colin war ein schmeichelnder Parasit! Der konnte mit seinem Gesicht jeden einwickeln. Ich habe doch gerade selbst erlebt, dass man eine Rolle einstudieren kann und damit vor anderen Theater spielt."

„Oh ja, liebe Klara, Sie waren sehr ... poetisch."

„Was soll denn das nun wieder heißen? Poetisch passt hier überhaupt nicht! Ich war einfach nur mutig! Hinter mir stand ein Kasten mit hundert Scheren drin, und eine Scherenmörderin gleich daneben."

„Wie auch immer: Sie haben das richtig gut gemacht. Ihre Liste mit den Unterschriften für eine Skaterbahn war zwar überflüssig, aber das konnte man vorher ja nicht ahnen."

„Doppelt genäht hält besser. Und so konnten wir aber wenigstens schon mal das Mädchen mit Namen ansprechen. Du meine Güte, wie viele Klingelschilder haben wir wohl mit den Unterschriften auf der Liste verglichen, was, Herr Butzbach? – Und das ging nur, weil Sie wussten, wo wir uns umsehen mussten."

„Das ist richtig, Frau Schrupp. Und trotzdem war die Petition nicht überflüssig. Bei über 33.000 Einwohnern sollte es für die jungen Leute tatsächlich eine Skaterbahn geben. Aber vielleicht wird es das irgendwann – ich denke, ich bleibe da dran."

Klara strahlte ihn an. „Oh, was für eine gute Idee. Dann sind die mit ihren Brettern aus der Innenstadt weg! Und wir planen eine gemischte Skaterbahn."

Van Kerkhof horchte auf. „Sie meinen wahrscheinlich eine ökumenische, liebe Klara?", fragte er und rechnete schon mit einer Bestätigung seiner Haushälterin.

„Ach was, Herr Pfarrer, ich meine eine für Ausländer und für Deutsche. Halt gemischt."

Van Kerkhof wusste, mit dieser Aussage wollte Klara ihren guten Willen beweisen und ein Zeichen setzen, dass sie sich künftig toleranter gegenüber den ausländischen Mitbürgern in Limburg zeigen wollte. Er verkniff sich sein Lachen: „Nun, unser Ilo wird dafür schon eine Idee entwickeln."

Dieser nickte und sagte: „Das könnte der Anfang für ein Jugendprojekt in der Stadt werden. Bisher habe ich mich für das alte Limburg starkgemacht, jetzt packe ich das künftige noch mit dazu. Was aber nichts daran ändert, dass es für unseren armen Colin keine Zukunft mehr gibt. Für ihn war der Bahnhof Limburg Endstation."

Kommissar Hartwichs kam auf sie zu. „Dann hätten wir den Fall ja gelöst", sagte er und rieb sich die Hände, bevor er seine Rechte Klara entgegenstreckte. Jetzt würde sie endlich einmal ein Lob aus seinem Mund hören!

„Ich bedanke mich auch bei Ihnen, liebe Frau Schrupp. Und sehen Sie, wie gut es war, dass ich Ihnen die Quittungskopien gegeben habe?"

Klara blieb der Mund offen stehen. Statt einer Antwort schüttelte sie den Kopf und wandte sich dem Pfarrer zu: „Lassen Sie uns heimfahren, ins Pfarrhaus. Unser kleiner Willi wartet, Herr Pfarrer."

„Stimmt, über den sollten wir uns noch mal unterhalten, meine Liebe."

„Ich weiß", kam Klara ihm eilends zuvor. „Immerhin hat er ein wichtiges Beweisstück gefunden!"

Klara war so voller Eindrücke, dass sie auf der gesamten Rückfahrt nichts sprach. Immer wieder wischte sie sich über die Augen: „Ach, Herr Pfarrer, könnten wir dann gleich mal rübergehen?"

„Das wollte ich auch vorschlagen. Wir haben heute so viel Grund zum Danken und zum Nachdenken, liebe Klara. Und in der Kirche würde ich auch gerne ein Kerzchen für das verzweifelte Mädchen anzünden."

Klara nickte nur und schnäuzte sich.

16.

Nachdem die Ermittlungen nun als beendet betrachtet werden durften, beschloss Klara, sich endlich eine Belohnung zu genehmigen. Dazu kam ihr ein Anlass gerade recht: Schon lange hatte sie sich auf das Treffen der Pfarrhaushälterinnen gefreut, von denen sie als einzige noch im Dienst stand – und außerdem die jüngste war.

Was sie nicht begeisterte, war das Ziel: Es sollte nach Limburg gehen.

„Hier bin ich doch schon jeden Tag, warum fahren die nicht nach Frankfurt oder wenigstens nach Wetzlar?", moserte sie am Frühstückstisch. „In Limburg kenne ich jede Ecke!"

„Das mag so sein, meine Liebe", versuchte der Pfarrer sie zu beruhigen. „Aber denken Sie mal an andere Kolleginnen. Die kommen ja nun von weit her, denn das Bistum ist groß!"

„Trotzdem wäre ich gern woanders hingefahren. Mit dem Bus oder mit der Bahn, da kommt man wenigstens mal raus! Da hat bestimmt die oberwichtige Elsa Heinz mitgemischt!"

„Aber Sie freuen sich doch darauf, auch wenn es nur nach Limburg geht. Und schließlich sehen Sie da Ihre alten Kolleginnen wieder!"

„Es gibt ja nicht mehr viele davon. Die Alten sterben weg und es kommen keine Jungen nach. Welcher Pfarrer kann sich denn heutzutage noch eine Haushälterin leisten?"

Die Spitze in Richtung van Kerkhofs kam wie ein Bumerang zurück: „Ja, bei dem vielen Geld, das eine solche Kraft kostet, mögen Sie durchaus recht haben, meine Liebe!"

„Ich koste Sie also zu viel Geld! Wollten Sie das damit sagen, Herr Pfarrer?"

„Ich wollte gar nichts sagen. Aber sie haben mit dem Thema angefangen!"

„Habe ich überhaupt nicht!"

„Das habe ich anders in Erinnerung!"

„Auf Ihr Gedächtnis konnten Sie sich noch nie verlassen. Was wären Sie denn ohne mich, Herr Pfarrer!"

„Da haben Sie recht. Ich wäre aufgeworfen!"

„Aufgeschmissen!"

„Dann wäre ich eben aufgeschmissen." Van Kerkhof zwinkerte Klara zu. „Zufrieden?"

„Von mir aus ... ja. Aber fangen Sie bloß nicht noch mal mit dem Geld an. Sonst kündige ich ... auf der Stelle!"

„Das würde ich nie verkraften!" Da der Pfarrer absolut kein Interesse an einem Streit hatte, beließ er es nicht bei dem Gesagten, sondern fügte so freundlich wie möglich hinzu: „Ich weiß doch, was ich an Ihnen habe!"

„Na hoffentlich. Jedenfalls müssen Sie heute mal alleine zurechtkommen. Die Bohnensuppe auf dem Herd müssen Sie sich nur warm machen. Kriegen Sie das hin?"

„Ich denke schon", kam es kleinlaut vom anderen Ende des Tischs.

„Und vergessen Sie Ihren Schlüssel nicht. Wäre nicht das erste Mal, dass Sie sich aussperren."

„Ich werde daran denken."

„Und unser Willi muss immer frisches Wasser im Napf haben. Und am besten nehmen Sie ihn mal ..."

„Ich nehme keinen Kater an die Leine. Warum ist er nicht ein Freigänger wie andere Kater?"

„Weil es reicht, dass Sie schon einer sind."

„Wollen Sie damit sagen, Sie würden mich auch gern an die Leine nehmen, liebe Klara? Sie haben mich doch sowieso schon fest an der Kandare."

Seine Haushälterin schoss sogleich zurück: „Wenn, dann bräuchten Sie eine Leine mit Stachelhalsband!" Damit zog sie den Kopf aus der Tür.

Halbwegs beruhigt machte Klara sich auf den Weg. Bis in die Innenstadt nahm sie den Bus, um dann über den Kornmarkt hinauf zum Domplatz zu laufen.

Trotz der stillen Wut auf den ermordeten Colin musste sie immer wieder an ihn denken. So stellte sich Klara vor, wie schön es gewesen wäre, wenn sie jetzt seine Drehorgel vor dem Dom hätte hören können.

Traurig stieg sie die Stufen der großen Domtreppe hinauf, überquerte den Vorplatz der stolzen Kathedralkirche und traf schließlich auf die Gruppe der Haushälterinnen, unter denen sich glücklicherweise doch noch viele alte Bekannte befanden.

Als sie am Abend erschöpft ins Pfarrhaus zurückkehrte, rief sie sogleich in den Hausflur hinein: „Willilein, Mama ist wieder da!"

Erstaunt registrierte sie, dass der junge Kater ihr nicht entgegensprang, stattdessen kauerte er im Wohnzimmer neben dem schnarchenden Pfarrer auf dem Sofa und fühlte sich sichtlich wohl zwischen den Wollsocken an dessen Füßen, ließ nur sein Schwänzchen kurz tanzen und legte umgehend den Kopf wieder ab.

In der Küche hatte van Kerkhof bereits das Abendessen zubereitet, was Klara mit einigem Argwohn durchgehen ließ.

„Erzählen Sie mal", forderte der Pfarrer sie auf, als sie etwas später gemeinsam am Tisch saßen, nachdem Klara dort einige kleinere Korrekturmaßnahmen vorgenommen hatte.

„Es war wunderschön", seufzte sie zufrieden. „Einfach nur schön!"

„Das freut mich", lächelte der Pfarrer. „Und was war nun so schön?"

„Zuerst haben wir eine Führung durch den Dom gemacht. Da kannte ich ja schon alles. Aber es war schon was Besonderes, dass uns der Domküster, der Bruder Elmar, höchstpersönlich da durchgeführt hat."

„Oh ja, ich kenne ihn. Ein äußerst liebenswerter Mann!"

„Das kann man so sagen. Ganz anders als so manche seiner Pfarrerkollegen!" Sie warf van Kerkhof dabei einen bedeutsamen Blick zu.

„Sie haben doch niemand Bestimmtem im Sinn, liebe Klara?"

„Wie sollte ich nur? Jedenfalls war es gut, das Ganze mal von einem Fachmann erklärt zu bekommen."

„Und danach?"

„Ging es gleich zum gemütlichen Beisammensein. Für eine Stadtführung reichte es nicht mehr bei uns. Viele sind ja nicht mehr so gut zu Fuß."

„Vermutlich in ein Café?"

„Ja, genau. Mitten in der Altstadt. Und da haben wir dann stundenlang gesessen und erzählt. Ich meine, die einzige, die wirklich noch Neuigkeiten aus ihrem Leben als Pfarrhaushälterin zu erzählen hat, bin ja ich."

„Seien Sie lieber still, Klara, ich will gar nichts wissen!" Van Kerkhof hielt sich beide Hände vors Gesicht und stöhnte auf.

„Na ja, und ein bisschen etwas zu berichten gab es ja auch über meinen Nebenberuf", fügte Klara mit gesenktem Blick hinzu.

„Ach, Sie haben noch einen zusätzlichen Job?" Van Kerkhof gab sich völlig erstaunt.

„Jetzt tun Sie doch nicht so, Herr Pfarrer! Wer genießt denn heutzutage in meinem Alter noch das volle Vertrauen der Polizei?"

Mit ernster Miene gab van Kerkhofs Nicken ihr Recht. „Stimmt, außer Ihnen, liebe Klara, will mir da wirklich niemand einfallen. Vielleicht können Sie ja doch noch irgendwann einen richtigen Ausweis vorzeigen anstatt Ihres Seniorenausweises."

„Ach, Sie schon wieder! Wenn Sie Ihre dummen Bemerkungen endlich mal lassen könnten, würde der Kommissar Ihnen auch mehr zutrauen!"

Gleich darauf schüttelte Klara angewidert den Kopf. „Die Elsa Heinz musste mal wieder zeigen, dass sie bestens informiert war. Hat uns in ihrem ungebildeten Kauderwelsch erzählt, die Freundin der Enkelin ihrer Nachbarin hätte verlauten lassen, dass die Mörderin von Colin wohl doch mit einem höheren Strafmaß zu rechnen hätte, weil sie ganz gezielt eine Schere und ein Pfefferspray mit an den Tatort brachte. – Woher will diese großspurige Nachbarsgöre das denn wissen?"

Van Kerkhof hob die Schultern. „Woher jemand das wissen will, weiß ich nicht. Aber damit könnte sie durchaus recht haben. Das hat Kommissar Hartwichs auch schon angedeutet."

Klara machte große Augen. „Wann haben Sie denn mit dem noch mal gesprochen?"

„Heute Mittag. Es ist Ihnen noch gar nicht aufgefallen, meine Liebe: Die Blumen im Wohnzimmer auf dem Sideboard hat er gebracht, mit einem dankenden Gruß an Sie, liebe Klara." Über seine Brillengläser hinweg beobachtete er das Gesicht seiner Haushälterin und musste über ihr wechselndes Mienenspiel schmunzeln.

„Blumen", wiederholte Klara leicht abfällig, doch mit dem vertrauten Schalk in den Augenwinkeln fügte sie hinzu: „Na ja, solange es keine Disteln sind ..."

Der Pfarrer rechnete damit, dass seine Klara aufspringen und hinüberlaufen würde. Doch sie schien sich eisern zu bezwingen, ihre Neugierde mit aufgesetzter Gleichgültigkeit zu überspielen und blieb reglos auf ihrem Stuhl sitzen.

Als hätte es dieses Thema nie gegeben, ließ Klara ihre Schwärmerei über das gelungene Haushälterinnentreffen erneut aufleben.

„Was ich Ihnen aber noch nicht erzählt habe, Herr Pfarrer", rief sie begeistert, als sie fast am Ende angelangt war, „bei unserem Treffen heute hatten die zuletzt noch eine Überraschung für uns parat! Was meinen Sie, wer da war? Na?"

„Lassen Sie mich raten: doch wohl nicht unser Freund Ilo?"

„Genau der war's, der Günter Butzbach! Das wusste er schon, als wir neulich zusammen an unserem Fall gearbeitet haben, aber er hat mir kein Wörtchen darüber verraten. – Ah, ich sehe es Ihnen an, Sie haben es auch gewusst! Dass Sie mal was bei sich behalten können, ist mir aber neu!"

Auf van Kerkhofs bedeutsames Nicken hin fuhr Klara fort: „Aber Sie wissen nicht, was für tolle alte Geschichten er uns erzählt hat. Das hatten die vom Vorstand richtig gut organisiert. Nur schade, dass ich mir das nicht alles merken konnte. Doch, warten

Sie, eins habe ich noch im Kopf, jedenfalls so ungefähr. Es ging um einen Friseurladen ..."

„Doch nicht um den *Salon Rainbow*?"

„Seien Sie bloß still, Herr Pfarrer! Davon will ich in der nächsten Zeit nichts mehr hören. Das hat mich um Jahre altern lassen. – Jetzt unterstehen Sie sich und nicken Sie nicht schon wieder!"

„Ich nicke nicht. Ich warte, Sie wollten mir doch eine von Ilos Geschichten erzählen."

„Stimmt. Warten Sie, ich muss mich besinnen ..."

„Dann besinnen Sie sich mal in Ruhe", sagte der Pfarrer geduldig.

„Bei dem Sodbrennen geht das nicht!"

„Kann es sein, dass Sie zu viel Kuchen gegessen haben, meine Liebe?"

„Was wissen Sie denn schon!", wurde der Pfarrer von Klara angegangen. „Zwei kleine Stückchen Schwarzwälder Kirsch, davon bekommt man ja wohl kein Sodbrennen!"

„Soll ich Ihnen Ihr Bullensalz holen?"

Klaras strafender Blick ruhte ganz kurz auf ihm, bevor sie sagte: „Das habe ich schon längst eingenommen. Aber warten Sie, ich hab's wieder – die Anekdote von dem alten Friseur, die auf einem Schild über der Eingangstür stand: ‚Mein Werk ist ernst und nicht zum Spaßen. Wer zu mir kommt, muss Haare lassen. Der Kahlkopf und das Milchgesicht betreten diese Halle nicht!'" Klara musste lachen, als sie diese Zeilen vorgetragen hatte und der Pfarrer stimmte vergnügt ein.

„Dann freue ich mich ja, dass Sie Ihren Spaß gehabt haben."

„Ja, wir hatten Spaß und der Herr Butzbach bekam auch gleich schon mal ein paar Unterschriften zusammen. Für seine Petition. Meine alten Kolleginnen fanden auch alle, dass die jungen Leute mit ihren Rollbrettern aus den Fußgängerzonen raus sollen und einen eigenen Bereich brauchen."

„Drücken wir ihm die Daumen für sein Projekt", sagte van Kerkhof und sah zu, wie seine Haushälterin den Tisch abräumte.

„Der Kahlkopf und das Milchgesicht ...", wiederholte sie dabei und lachte in sich hinein.

„Jetzt geht Ihnen das nicht mehr aus dem Kopf, ich kenne das", sagte van Kerkhof.

„Ja, besonders, wenn ich Sie dabei vor mir habe!"

Die Möglichkeit, etwas zu entgegnen, hatte der Pfarrer nicht mehr, denn Klara war im nächsten Augenblick schon um die Ecke und ins Wohnzimmer entschwunden, von wo der Pfarrer einen kleinen Schrei des Entzückens vernahm. Wie würde seine Haushälterin erst reagieren, wenn sie das Dankesschreiben der Polizeiinspektion las, das inmitten der bunten Blumenpracht steckte!

Die Autoren

Christiane Fuckert lebt mit ihrer Familie im Westerwald. Die gelernte Bankkauffrau widmet sich heute dem Schreiben von Romanen, Kurzgeschichten, Kinderabenteuern und Liedtexten. Veröffentlichungen erfolgten bisher vorrangig im Verlag Christoph Kloft. Sie ist Mitglied im rheinland-pfälzischen Schriftstellerverband.

Christoph Kloft, geboren 1962 in Limburg, studierte in Mainz, Gießen und Koblenz Germanistik, Allgemeine Sprachwissenschaft, Komparatistik und Katholische Theologie (Abschlüsse: Magister Artium, Staatsexamen Lehramt an Realschulen). Nach Volontariat Redakteur bei einer Tageszeitung. Elternzeit, danach mehrere Jahre im Schuldienst. Seit 1998 freiberufliche Arbeit als Schriftsteller und Journalist. Veröffentlichung von Romanen, Kurzgeschichten und Sachliteratur. Seit 2004 auch Verleger (Verlag Christoph Kloft). Mitglied im rheinland-pfälzischen Schriftstellerverband (VS). Verheiratet seit 1992, vier Kinder. *Internet: www.christoph-kloft.de*

Der erste Fall für die Pfarrhaus-Ermittler

**Christiane Fuckert /
Christoph Kloft**

*Requiem
mit zwei Leichen*

2. Auflage 2017
176 Seiten, 9,90 Euro
ISBN 978-3-89796-268-2

**Eine Beerdigung in Limburg. Die Trauergemeinde schart
sich um das offene Grab. Als der Sarg in die Grube hinab-
gelassen werden soll, ist ein Schrei zu hören: Dort unten
liegt eine Tote!**

Gardez! Verlag Michael Itschert

Klaras und van Kerkhofs zweiter Fall

Christiane Fuckert /
Christoph Kloft

Guter Rat
kann tödlich sein

2017
160 Seiten. 9,90 Euro
ISBN 978-3-89796-276-7

Weihnachten steht vor der Tür. Zugleich häufen sich die Anzeichen, dass jemand dem Pfarrer nach dem Leben trachtet. Als sich Klara Schrupps schlimmste Befürchtungen bewahrheiten, kommt alles anders, als man denkt ...

www.gardez.de

Ein Limburger Original erzählt

!

„Ach, der Ilo!", van Kerkhof nannte den Besucher gleich bei seinem Spitznamen, „unser beliebter Stadtführer!"

Das Limburger Original Günter „Ilo" Butzbach nimmt die Hörer mit in die engen Altstadtgassen, wo er jeden Winkel kennt. Denn dort wurde er kurz vor Ausbruch des Zweiten Weltkrieges geboren. Und es zeigte sich schnell, dass ihm der Schalk im Nacken sitzt. Dies

beweist er auch in den dreißig von ihm selber vorgetragenen amüsanten Anekdoten und authentischen Geschichten über die Altstadt, in denen er die Bewohner seiner Kinder- und Jugendzeit wieder lebendig werden lässt.

Günter „Ilo" Butzbach
Ein Limburger Original erzählt
Anekdoten aus der Altstadt
2018. Hörbuch. 1 Audio-CD
Laufzeit: 72 Minuten. 11,90 Euro
ISBN 978-3-89796-286-6

Günter „Ilo" Butzbach kam am 14. April 1939 im Herzen der Limburger Altstadt, im Hause Fischmarkt Nr. 8, zur Welt. Nach dem Volksschulbesuch in Limburg erlernte er auf Geheiß seines Vaters den Beruf des Wasserwerk-Installateurs. Nach der Gesellenprüfung erkannte er jedoch sehr schnell, dass dieser Beruf nicht seine Erfüllung ist. Er wechselte deshalb in den Bereich „Vermittlungen" für eine große deutsche Versicherungsgesellschaft. Später legte er noch seine Prüfung als Aktienvermittler ab. Dieser Weg sollte ihn in Zusammenarbeit mit einigen amerikanischen Brokerhäusern von Frankfurt über London nach Chicago und schließlich bis an die Wallstreet nach New York führen.

Gardez! Verlag
www.gardez.de

Verlag Christoph Kloft
www.christoph-kloft.de